Buchwald/Wolf

Jahrbuch der Lyrik 1997/98

„Nach Lyrik drängt,/An Lyrik hängt/Doch alles!" So klingt's uns noch vom Weimarer Altmeister in den Ohren – mittlerweile jedoch hör'n wir die Botschaft wohl, allein uns fehlt der Glaube. Schließlich wissen wir, wir Nach-Dränger nach zeitgenössischer Lyrik, um deren ewig Weh' und Ach: Denn eben wo Begriffe fehlen, da stellt Gedeuchtetes nur allzu oft sich ein. Nur allzu oft, nicht immer! Wußte der Weimarer Altmeister und weiß Christoph Buchwald. Jahr für Jahr setzt er sich – zusammen mit einem zeitgenössischen Autor von Rang – an den sausenden Webstuhl der deutschen Gegenwartslyrik und sondert das Gedichtete vom Gedeuchteten. Neben ihm sitzt diesmal Ror Wolf; und es müßte doch mit dem Teufel zugehen, wenn man sich nach Lektüre ihrer Textauswahl nicht eingestehen müßte: Von Zeit zu Zeit les' ich Gedichte gern . . .

Die Herausgeber
Christoph Buchwald, geb. 1951, war lange Jahre Lektor des Hanser Verlages und ist seit 1995 Verlagsleiter des Luchterhand Literaturverlages. Das „Jahrbuch der Lyrik" gibt er seit 1979 heraus.
Ror Wolf, geb. 1932, lebt als freier Schriftsteller in Mainz. Als Lyriker trat er bislang vor allem als Verfasser fulminanter Fußball-Balladen („Das nächste Spiel ist immer das schwerste") und der Moritaten-Serie „Hans Waldmanns Abenteuer" hervor.

Jahrbuch der Lyrik 1997/98

Gewitter über der Akademie

Herausgegeben von
Christoph Buchwald
und Ror Wolf

Verlag C. H. Beck

Die Deutsche Bibliothek – CIP-Einheitsaufnahme

Jahrbuch der Lyrik ... – München : Beck.
Früher im Verl. Luchterhand, Hamburg, Zürich
Bis 6. 1989/90 u.d.T.: Luchterhand-Jahrbuch der Lyrik ...
ISSN 0942-9093

1997/98. Gewitter über der Akademie. – 1997

Gewitter über der Akademie / hrsg. von Christoph Buchwald und Ror Wolf. – München : Beck, 1997
(Jahrbuch der Lyrik ... ; 1997/98)
ISBN 3 406 42015 X
NE: Buchwald, Christoph [Hrsg.]

Originalausgabe
ISBN 3 406 42015 X

Umschlagentwurf: Uwe Göbel und Tabea Dietrich, München
Umschlagabbildung: Grafik der Monotype Corporation
(*Upper and Lower Case*, Bd. 16, Nr. 3 1989)

Gesamtherstellung: Druckerei Wagner GmbH, Nördlingen
Gedruckt auf säurefreiem, alterungsbeständigem Papier
(hergestellt aus chlorfrei gebleichtem Zellstoff)
Printed in Germany

Inhalt

I Gewitter über der Akademie

II Petrarca bedenkt seinen Husten

III Bremsstörung hinter Karlsruhe

IV Denkmal für einen Fuß

V Vom Lilienloch zum Lattenlift

VI Eines Tages stand ich am Ufer des Mississippi

VII Auf dich habe ich gerade gewartet

für Fritz Arnold, den homme de lettre

I
Gewitter über der Akademie

Johannes Kühn

Saarländische Landschaft

Noch liegen die Dörfer beieinander,
verhaspeln sich mit den Glocken,
und ein Gewitter
mit Blitz
und Regen
gehört zweien und dreien manchmal.

Die Winde tragen auch Wörter ineinander,
wenn du eins gesprochen hast,
das in die Weiten fliegt,
dem renn nicht nach,
wohl ging es schon unter
in einem Gemurmel.

Die Straßen schlendern durch die Dörfer.
Unruh der Wagen,
Unruh der Fußgänger,
die Wagen gefährlich
mit schnellen Rädern unter dem Stahlblech.

Der Tag geht auf wie vordem,
die Nacht beginnt zur alten Zeit.

Johannes Kühn

Ein Schäfer

Dort, wo er seinen Schlafsack
an den Ast des Apfelbaums hängt,
legt er gut verschnürt
eine Packung mit Sinfonien hin.
Dort aus dem Geäst
holt er sie heraus
um Viertel vor drei
und läßt sich vom Recorder
einige spielen.

Früher hing an solchen Tagen
noch ein Apfel in der Krone,
den er mit seinem Hirtenstab abschlug,
heut versetzt er sich
in die Konzertsäle der Welt
und steht mit seinen Schafen
am Dorfrand,
hört den Regen zischen
über den wasserdichten Hut,
den doch besiegt
mit klingenden Instrumenten
die Sinfonie.

Walle Sayer

Wolfsblick

(Stuttgart, Naturkundemuseum Schloß Rosenstein)

Als wären die Fangeisen noch aufgestellt,
in die er nicht getappt ist, weggeschmolzen
die Eiszotteln an seinem Fell, kümmerliche
Fettreserven, wie ausgestopft mit Moos:
der Letzte seiner Art aus Württemberg,
erlegt durch einen Waldschütz aus Eibensbach,
der namentlich erwähnt ist, (eine Marginalie
auf der ersten Zeitungsseite vom 12. 3. 1847),
fünfzig gerissene Schafe, säumend den Rand
der verlorenen Fährte, die hier endet
in dieser grimmigen Wärme, wo er dasteht
mit geschliffner Starrheit seiner Glasaugen
und auf immer erwartet
den hallenden Schuß.

Jürgen Becker

Döberitzer Heide

Zaunreste zwischen den Kiefern; dahinter beginnt
die Lebensgefahr. Du hast die Fotos, fünfzehn mal
dreißig,
du hast Geheimsachen geschickt; jetzt
weiß man alles. Überwucherte Pisten, bis wo der Himmel
herabsinkt, ein paar alte Hallen. Ginster

beobachten wir, Gruppen von Ginster, die sich formieren,
irgendwie, nach den Skizzen des Alten Fritz. Auch im
Archiv
weiß man Bescheid, und wenn wir uns nach Nordosten
bewegen, nähern wir uns
einem Muster von Simulationen. Ein Maler auf der
Suche
nach Pilzen. Vielleicht ein vermintes Gelände, aber warte
nur ab,
im Frühling, wenn alles blüht . . . Jetzt

üben wir ein, noch einmal, den Text, die Skizzen
der Schiefen Schlachtordnung, eine unbezahlbare
Antiquität,
über die ein paar Dohlen hinwegziehn. Den linken Flügel
greifen wir an, im Tagebuch kommt
eine Saujagd dazwischen, ein Hochsitz im Schnee-
gestöber, und

der Angriffsflügel steht rechts. Es gibt Turbulenzen,
Geschiebe
der Wolken, Gewitter über der Akademie, und
hinter den Hangars tauchen Lastwagen auf. Wir
erreichen
den Zaun und hinterlassen nicht das Geringste an Spur;
es kam
ja vor, daß es hieß, Gefangene werden keine

gemacht. Hast du Pilze gefunden? Sind sie
genießbar? Das Mißtrauen bleibt; das Öl frisst sich weiter
unter dem braunen Moos; natürlich
gab es die Hoffnung, daß man verlegt wird
nach Westen, wo die Jagdstaffeln liegen. Die Karten
erzählen

sonst nichts, ein paar verschwundene Dörfer, in der Nähe
der Neuigkeiten, der Nachmittage auf leerem Gelände

für Polo und Golf. Also fahr weiter. Vielleicht noch
ein Stand mit Tomaten, Spreewald, Teltower Rübchen;
vielleicht
ein Motiv mit Pfahlbrücken, Schleuse . . . denk einmal
nach, du kommst überall hin, ohne Passierschein, und
wenn sie
wegrennen, die Kaninchen, sie explodieren nicht mehr.

Monika Köhler

Schön ist gut und gut ist schön

An den Federn erkennt man
am Angesicht
den Vogel den
Menschen die Tat
ausspricht das Wort
bös Vogel – bös Ei
Flüsterzeit
ist überall ist
ein Brei das Wort
eines Menschen Tun
und Wesen erkennt man
an der Stirne am Ei
ist zu lesen
aufgehängt am Wort
an den Federn festgenagelt
am Angesicht.

Hermann Lenz

Zu den Fischen

Umschlossen von Algen,
Wartet der Fisch Jahrmillionen ab,
Bald ummantelt von Erde,
Die sich anschmiegt und hart wird,
Den Fischleib verwandelt in Stein
Und im Fels sich verbirgt
Am Rande des Tals,
Wo sich die Wasser verlaufen.

Franz Josef Czernin

MEIN AUG MIT DEM VERSCHWIMMT, was es, so zitternd, spiegelt,
dass flüssig dies, sich nass als teich zu machen,
dem bild die augen wieder gibt, der sicht die sachen,
die durch sich selbst so schauen, wie das wörtlich bügelt

die fläche für den fehler aus; dem bricht sonst so, geflügelt,
die woge an der scheibe, das glas auch an der welle,
da dieses meer, die hohe see das fenster stelle
für stelle stets verschifft: was ist denn nicht besiegelt

wenn wasser sich nur wasser reicht, und dieser ort
in *seinem* glas, im bild sich stürmt? ach, sind die lücken
auf jetzt geschlagen, als augen auf den punkt, an bord

gebracht? wie dem von grund auf sichtbar, mein erblicken
sich samt der trübung ausgebadet, in all den stücken
fleck sich, sonst blind, einsieht! – löst das nicht ein das wort?

Franz Josef Czernin

WIE ICH INS WASSER GREIFE TIEF, zu sein uns rad,
das tropfen mahlt um tropfen dir aus all den wellen,
dass uns nimmt nasses wahr und selbst aufs korn; zu stellen
die träne aus, das salz vom grund der see, als saat,

dies aufgerührte uns umfasst und misst den grad,
in dem wir selbst uns ernten mit dem sturm, dem schnellen
des stroms; wie der im kreis dir läuft, mündig in quellen
zusammen schliesst mich, die uns an sich geben, tat,

ach, wort, da wir stets fruchtbar uns einschleusen,
einander weit dies streuend zwischen wolken, zeichen:
reif wird der saft, der schaum, in dem wir darauf weisen,

wie wasser wir auf mühlen, die sich damit speisen,
dass sie so langsam dies ausmalen, uns zu gleichen
von grund auf, bis im wein die wasser sich uns reichen.

Franz Josef Czernin

DA DIES IST SCHAL MIR, abgestanden, wird dir seicht
das wort, das ding fast fest; da zeug dich stockt, schmeckt flau
der schwall mich; kaum in fluss zu bringen ist der stau
von tropfen, teilen: wasser, träge, selbst sich gleicht,

mir zu entsprechen, wie du es verschwimmst so feucht
als fläche, die sich auf sich selbst nur bringt: ja, grau
in grau uns ganz die suppe schaukelt, schwappt, und lau
wir werden ausgesogen, und -gespuckt; so reicht

wasser sich wasser, uns verwischend mit dem laut,
was weiss, das blatt: war nicht rauh einst, wild uns das meer,
wird süss see sein? mir, wort im schwall, einst nicht geblaut

hat woge, wie es dich aufwühlen wird? wann braut
zusammen sich, was über schäumend kreuz und quer
erneuert? springt jetzt wasser, punkt, stets voll, nie leer?

Uwe Kolbe

Auf ein Reinheitsgebot

Ich lebte nicht in der Stadt. Sagte ich.
Säng wie die Taube auf dem Dach. Ach,
die singt nicht, die gurrt in den Morgen.
Zuviel schon des Tones aus Brehm. Nicht
Leben wars, Freunde, war Bleiland, war
Stadt, na sage ich doch. Ich lebte nicht,

lög ich, nicht in dem Dreck und Lärm,
lebte nicht auf Preußens Metrolinien,
machte es echt, machte es recht, machte
es schön. Wie ihr wollt, Freunde. Aufs Land
ging auch ich dermaleinst. Fiel kräftig
ins Lied ein. (Das lest bitte nach).
Doch neu bin ich heute, nicht jenes Reh,
das jenseits der Autofenster wohnt.
Wohllebt der Besitzer der Kontempla-
tion dort in Arkadien, doch auch lebt
meine Mittellosigkeit, hält fest
inmitten von Einkehr und Flüchen und
Hinschaun und Ausschauenmüssen. Machts
gut und machts besser vor Lachen!

Robert Gernhardt

Beginn der Sommerzeit 96

Vorfrühlingstag, kahl und durchsichtig.
Im Gitter von Ästen das rostende Eisen,
der Plastikfetzen, die glitzernde Scherbe,
die Feuerstelle, die bleichenden Knochen:
Allem geht der Blick auf den Grund.

Vorfrühlingslicht, fahl und blaustichig.
Kaum reicht es zum Schatten bei Grube und Haufen,
Plane und Spaten, Hacke und Krähe,
alle grundiert vom Braun des Verrottens,
über allem ein Hauch von grundloser Trauer.

Johann P. Tammen

Ankommen mit einer Flugmaschine

für Elke Erb

Der Berg hat einen braunen Rücken
und in der Luft klebt Rost   dürr
fallen Äste von den Bäumen
der Sommer rädert grell ins Tal.

So große Steine sacken tief ins Feld
das Korn quillt trittfest über
sieben Hügel   nun weniger –

Es reift   und Schritte hallen wider.
Der Furchen zog liest Wetteralben
er ist schon in der Hocke   teilt
sein Brot   und nennt was Atem hat
den Vogelflug   mit Augengold
die Ziege hätschelnd. *Und Frauen*
gibt es ... ein jeder ihrer Schritte
tönt. So hört ihr Keuchen.

Das weite Land hat keine Lampen
die seelenlos das Volk umsäumen.
Ein Herbergsschlüssel taumelt
durchs Gebirge   und mittags bellen
bunte Hunde   vernarbte Kellertiere
die an Gräbern schnüffeln.

Das Meer frißt alle Wolken leer
und sagt Gardinensprüche auf:
die vielen Menschen wollen Heiterkeit.

Christoph W. Aigner

Beziehung

Die Erde dreht sich jetzt zur Seite
langsam wie der Wind
übern Abhang streift
Schwarze Luft schlüpft überall
hinein. Wie wir uns wehren wollen
Der Mond das Wiesel schnellt durch die
Wolken

Hermann Lenz

Meeresluft

Milde Meeresluft.
Der Himmel zuweilen gewitterschwarz.

Dann ein Abendlicht,
Als wäre etwas zu finden,
Wenn einer unbeirrt westwärts fliegt:

Vielleicht leuchtende Ewigkeit.

Sarah Kirsch

Treibsand

Vogel grüngefleckt
Stieg aus dem Ginster
Folgte der Brecher wir hörten
Den feinsten Sand andere noch
Feinere Sände sich arrangieren
Verläßlich die Brandung
Die gegen Klippen wirft bis Knochen
Erlesenste Knöchlein geworden

Sarah Kirsch

Fährte

Bin auf Flüssen gegangen die nun
Unter Straßen verlaufen wollte
Rasch wie meine Blicke sein
Stand auf Bäumen und Dächern
Flossen die Flüsse übereinander
Räume in verschiednen Etagen
Alles schien tiefer zu gehn

Sarah Kirsch

Winterlich

Geschwisterwolken am
Himmel rhombisches
Patchwork mit
Blauen Nähten.

Vor ihnen
Kahle Pappeln
In denen nachts
Sterne klettern.

Und du vertrautest mir etwas
An das wie Weihnachten
Und Paradiesgarten
Gleichzeitig klang.

Monika Köhn

(für Jürgen Becker)

DA STRICH DER SCHNEE, gebeizt und
schräg vor Kreidelatten. verborgen
die Kerbenzähler, frierend vielleicht.
und verstummt. ohne Bewegung
alles, sagst du. flöge oben
der Kran nicht, der halbe,
durch die Stille.

Robert Gernhardt

Als am 4. 4. 96 der Winter zurückkehrte

Nun alles wieder weiß
Nun alles wieder tot
Des Wetters grimme Wut
Der Tiere liebe Not
Des Menschen Unverstand:
Will es denn hier auf Erden
In diesem Unheiljahr
Gar niemals Frühling werden?

Der schneebedeckte Tann
Das frischgeweißte Dach
Der Winde Kraft so stark
Der Vögel Flug so schwach
Des Menschen blinder Zorn:
„Gott, das kannst du nicht machen!"
„Du siehst doch, daß ichs kann!"
Gott's unhörbares Lachen.

Helga M. Novak

VIELES WÄCHST im ausgefallenen Winter
in der weichen Nebelbahn von Nord nach Süd
Schwertlilien Türkenmohn verwirrt versonnen
laufe ich herum links das Azorenhoch
rechterhand das russische die weißen Fröste
die Bäume Stauden schlagen nächtlich aus
solche wie Clematis haben schon Blätter

eine senkrechte warme Zone mitten durch
Mitteleuropa versetzt mich bei Jahres Anfang
in Furcht zittern macht mich die Vorfreude
möchte die Aberwitzigen mit Reisig zuhauf
begraben – jetzt kommt nichts mehr – sagen
die Frauen im Laden und betrachten mich schon
tadelnd wegen unterlassener Hilfeleistung

Ludwig Fels

Cabo Verde

Seit Jahren nie
komme ich hin
seit so vielen Jahren
nirgends das Meer unter mir
der blaue Schnitt des Himmels durch die Augen.
Wo die schwarze
Haut einer Frau im Schatten eines Zimmers
spät in der Nacht mit einem tanzenden
Mond, Gesänge
der Hungrigen und Betrunkenen vorm Fenster
aus weicher Hitze.
Niemals und vielleicht nächstes
Jahr bis zum Tod nicht
wissen, wie der Sand am Morgen riecht
dann, wenn die Fische geschuppt sind
Wolken wie falsche Gemälde am Himmel kleben
gnädig vor der nächsten Ferne.

Axel Sanjosé

Udine

Die Türme, die Dächer,
man sah durch den Qualm
den Lohn für die Märsche,
Udine.

Verstaut die Würfel,
auf löschet die Feuer,
auf tönet die Trommeln und Pfeifen.

Man sah die Händler, sie flohen,
sie trugen die Ballen
mit Myrrhe und Zimt auf den Rücken,
laß laufen, es bleibt doch genug.

Im dünnen Morgenregen
verschwand der Umriß,
einer schrie viermal den Namen,
wie einen Langvers aus früherer Zeit,
ich stopf dir das Maul,
die Piken hervor,
die Säbel und Lanzen.

Norbert Hummelt

linksrheinische installation

u. so die tage gehen hin
wie nichts, wer nichts bei
sich behält u. wer erbricht's
auch frankfurt ist innen drin
riesenhaft öde, so öd wie köln
sich zeigt am barbarossaplatz
ein mann tritt aus der bahn
ein apparat, der nur noch bier
zu pisse macht, das riecht man
der kennt die zugeknallte
ganze gegend, die nervenenden
wo der schmerz beginnt
u. so die tage gehen nichts
wie hin, links hier des rheins
da installiert ich bin
u. sprach's u. stand mit
ausgekühlten augen, allein vor
der spiegelverglasten front.

Heinz Kattner

Casa Baldi

Um das Haus fegt ein Sturm bekannt nur
wie er das Meer peitscht tobt er durchs Tal
reißt an den Fensterläden hat auch die
Leitungen unterbrochen die Stadt liegt
im Dunkel kriechen schwache Lichtkegel
langsam durch die Straßen eine Kerze
leuchtet im Raum und in der Fensterbank
glänzen Rinnsale auf den Fliesen drängt das
Wasser weiter bis ans Bett da liege ich
drücke beide Hände auf die Ohren
noch lange rauschen die Wellen in der
Muschel und die Kinderträume stürzen
Bäche über die Treppen der Altstadt
Wasserfälle um die Nische der Heiligen die
hält das Kind auf dem Arm reingewaschen
liegen die Straßen fern im Tal wie lange
Regenwürmer nach dem Gewitter ausgebreitet
Akazienblüten auf der Terrasse später
duftet der Platz ich höre Rufe Signora Rosa
holt die Männer nach draußen die
Arbeit hat sie eingeteilt bevor es hell wird

II
Petrarca bedenkt seinen Husten

Rainer Kirsch

Petrarca, auf dem Weg über die Alpen, bedenkt seinen Husten

Ich huste, wenn ich huste, meistens jambisch.
So daß ein Arzt, wofern ich ihn besuchte,
Mich, nähm ers wahr, als Unrettbaren buchte
Und stracks ins Beinhaus wiese. Indes schlampig

Sind, wie der Zeitgeist, heute die Doktoren
Und haben keinen Dunst mehr, was ein Vers ist,
So daß ich, ob der Klang auch sacht pervers ist,
Canzonen krächze in Banausenohren.

Wie priesen wir doch jung die Konsequenz
Und des Gedankens Schärfe, die so frisch macht
Und mählich mit dem Flachsinn reinen Tisch macht;

Wüstesten Wintern, sang man, folgt ein Lenz.
Und doch halt alternd ich am Loben fest:
Ich lob den Schlamp, da er mich leben läßt.

Rainer Kirsch

Petrarca auf dem Weg ins Exil

Wie sie sich giften, daß ich gut zu Fuß bin.
Wo längs am Rain die goldnen Krücken liegen,
In die sich wundersanft die Glieder schmiegen,
Bis die Gelenke steif, die Knochen Mus sind,

So daß mir, schritt ich heitern Blicks nicht weiter,
Bald um die Stirn ein Reif von Würden blühte,
Und, ohne daß ich mich noch extra mühte,
Läg ich erhöht und sänge von der Leiter:

Der wird hier Kanzler, der am krümmsten hum-
    pelt,
Und der dem Volk den Sand siebt, machts im
    Streckbett
Seltsam umwoben vom Singsang der Wechsler;

Die Bagger klirren, und der Prägstock rumpelt,
Und ringsum winken ernst, als ob es Zweck hätt,
Goldmineneigner und die Krückendrechsler.

Peter Gosse

Der Bild-Hauer

Für Gerhard Kurt Müller

1
Müller, mondialer Sachse,
Verbohrt von burgundischer Klarheit
Durchmustert.

2
Bildner? Nu ja, ich bilde
Nach. Das unsinnige unfeine Leben,
Herrisches herrliches das.

3
Leben ein Tier, leckt zäh
Eine streitiggemachte Milch –
Auf ihm ruht Müllers Blick hellgrünen Auges
Hell und verwandt-unverwandt.

4
Natürlich kann in der Nase gepopelt werden und,
Auf dem freien Loche, Trübsal geblasen.
Worauf es aber, sagt er, ankommt:
Den Kern klauben aus der Schale:

5
Das Seifige obenauf gehört abgelöst,
Das vanillige Gelabere gehört abgelöst,
Das Verwesliche.
Nämlich groß hinter den
Zufälledurchflatterten Zügen
Lagert, und in Gesichten,
Der Gattung Gesicht.

6
Ja, das Gerüst des Werdens bloßlegen,
Die Hefeschönheit seiner gratigen Gewölbsbögen
Bloßlegen.

7
Und die Kehlköpfe der Frauen, klobig
Da sie, gespalten, schicken ihr
Genesensglucksen glühend
Aus Episoden ins Äon.

8
So in das Holz vor
Gehen Schale um Schale, vor gehen
Ins Einst Schlag um Schlag,

9
Und Unform, so geschält zu
Konvexer Geballtheit überdicht,
Wird Gedächtnis.

10
(Indessen sich draußen
Sehr nett zerstreut wird,
Indessen sich mit sehr netten Zerstreuungen
– Happenings, Wrappenings –
Draußen sehr nett zerstreut wird.)

11
So in den Stamm vor
Stemmen den Stahl,
Zwieschlag dumpfgellend,
Zwitterschlag, Zwillingsschlag herznah,

12
Und Gestalt an nimmt, Gestalten,
Der rumorende Hunger
Auf Hoffnung.

13
Ah wie das Ganze ganz wird, wie es sich
Wie verliert hinter den Einzelungen. Wie sich
Verlieren Gromaire nun, Brancusi, Zadkine,
Hernickend die schroffen Brüder.

14
Glück – was ist das?
Einsamkeit und Sammlung
Und mit dem All gegen das Nichts an,
Und du mußt es dir
Selber zurüsten.

15
Da er das Zeitweilige
Nicht meint: Wie nicht
Sollten die Zeitweiligen
Ihn meiden.

16
Die Schläge sind langsam,
Mit denen er
Seinen Ring schmiedet
Um die Kette der Dauer.

Günter Herburger

Heimkehr

Habibi Herberg, ein Erholungssimulant,
der sich manchmal vom Fahrrad fallen ließ,
um für mindestens zwei Wochen, vor allem im Winter,
ins umgebaute Kreiskrankenhaus eingeliefert zu werden,
behauptete, er habe einen Penis wie ein Schweinswal,
besetzt mit Millionen Sinneshärchen.

Blutdruck normal, Zucker ebenso;
zum Abschied verschenkte Habibi an das Personal
stets in Folie verpackte Pizzakuchen,
deren Verfallsdatum abgelaufen war.

Seine beste Freundin war Eva Hollenrieder,
die, bevor sie zurecht legte, faltete und schminkte,
sich mit dem Rücken an den Sarg lehnte
und aus der Thermosflasche Hagebuttentee trank,
dazu gab es Weißbrotschnitten.
Sie sagte immer zu Habibi, wenn er
nach genügend Pflege zu ihr kam:
„Du bleibst, mein Liebling."

Auch er werde sterben, sagte er.
Niemals, erwiderte sie,
so lang sie lebe.

Tat er aber nicht. Kurz danach
fuhr einer dieser Milchtanker,
die mit Höchstgeschwindigkeit
morgens und abends
durch die Landschaft unterwegs sind,
den Streuner um.

Jedoch auch der Tanker fiel.
Seine Alarmanlage heulte weiter,
war nicht zu stoppen. Erst als Polizisten
ein Loch gruben, sie darin versenkten
und darüber die Erde feststampften,
war nichts mehr zu hören, o Habibi.

Walle Sayer

Flugfahrradkonstruktion

Seine Beuroner Jahre, Schussenried,
eine Thermik, die hinwegträgt
über Klosterdächer, Anstaltsmauern,
das ganze Elementarium, Geisteswort
von ihm daselbst: Mesmer Gustav,
Ikarusnachkomme, Fluglehrer,
abheben wird er gleich und über die Kuppe hinaus
fehlt uns ein Sinnesorgan,
ihm nachzusehn.

Wulf Kirsten

nur eins nicht

tür zu, ab ging die post,
hab nicht gefragt, was war
sonst noch in Potschappel
zu verlieren, von wo kein zug
mehr abfuhr in dieser vornehmlich
scheußlichen bahnhofsnacht,
den koffer geschleppt
durch den schnee
eine nacht lang, schritt
um schritt eingesunken
am Sachsdorfer Berg
bis an die knie, der koffer

nachtwandelte mit als handgepäck
über land, mühsal des gehens
auf zugewehter straße, nur noch
ein einziger einsamer gedanke
wach in mir, der aus einer kette
von stoßseufzern bestand,
nur eins nicht, im schnee
zu versinken, die übergröße
eines koffers in der faust,
vulkanfiberbraun, kontrastierend
der schnee und die nacht,
der weg, der keiner mehr war,
den ich für mich hatte, weil ihn
keiner mehr ging, nach jedem schritt
in den schnee tief hinein das bein
wieder rausziehn müssen aus dem schnee,
erst über den Sachsdorfer Berg sein,
nur eins nicht . . .

Rainer Marx

Alles nichts Neues

Das kennt man:
Die täglichen Tumulte
                    Im Plasma
Das Quäntchen Blut
Bläulich
In einer Sackgasse pulsierend
Was dir den Schweiß
                    Beständig

Aus den Poren treibt
Ist kalkulierter Rückzug:
Eins
        Zum andern
Jeder zu sich selbst
Rückwirkend wird ein ich
Zum wir verlängert
Bißchen mit den Ventilen spielen
Überdruck
Durch den organischen Notausgang verpfeifen
Sich wieder einmal
                                Hoffnungslos
Im limbischen System verlaufen
Den Fluchtpunkt
                            Instinktiv
Erfassen, wo alles perspektivisch ineinander läuft ...
Das weißt du:
Zerebrale Implosionen
Sind noch kein Grund
                                    Um aus der Haut zu fahren ...
Wunschlos
Kleescher Pfeilrichtung folgend
Stürzt du
                Für Augenblicke
In dich selbst

Rainer Schedlinski

WAS WEISS ICH ÜBERHAUPT VON MIR, der jene welcher
sinnlos
durch die ausgelöschten jahre watet   sinnlos jung
muß ich gewesen sein   mit dieser angst gesegnet doch
ich bin der einsamkeit nicht selbst begegnet . . .

alles muß ich über mich erfahren   wann ich aufsteh
morgens wo
ich meine brötchen kaufe   welche zeitung ich heut hatte
bis ich endlich selbst bin welcher mich beschattet   jedes
wort
ist in mir angelangt und hat sich festgesetzt   ich sage ich
und weiß nicht was ich denke   was ich schreibe
werden noch die wörter mir verraten   später nämlich
bin ich das erst   was ich war
kein engel
der den müll herunterträgt   und eines morgens nach
links oben
abschwebt   das gedicht verläßt wie ein zerwühltes zimmer
wo noch licht brennt . . .

Wulf Kirsten

das sonnige

entwürfe austreiben mit dem nudelholz,
bis sie, hauchdünn gewalzt,
über der lehne des küchenstuhls hängen,
worte in den mund nehmen und nicht
wissen, woher, heiliger bimbam,
sich in die brust werfen,
die fletten gesträubt trüben gemüts
und vor sich hin dümpeln, aber
immer ein offenes ohr haben wofür und
sonst nichts, wo aber bleibt das sonnige
im gedicht, mein lieber herr Querüber?
laß uns die wollballen reiteln,
so straff es nur geht
mit kniehebeldruck, sollen die andern
ruhig kupfer in scheiben reißen,
federn oder späne schleißen, dann
wird schon wieder werden, was
immer wieder geworden, handtuchsprüche
die menge, die trostreich auch nimmer
am fleißigen lieschen die zeit
vertreiben, jeden abschlags
und schlagabtauschs gewärtig
wie die frommen frauen zu Seußlitz,
den beiden letzten wurde das tischtuch
mit einer großen schere zerschnitten.

Reinhard Bernhof

Der Angeschwemmte

Als er zurücktrieb, regungslos, steif
die Augäpfel nach hinten gedreht, lagen wir
nackt zwischen Dünenhügeln und harten Binsen
die im kühlen Wind wie Stahlklingen
miteinander stritten. Fischten nach Zigaretten
streckten uns im Volleyballsprung, hörten
Musik.
Der Küste immer näher trieb er, Fische
merkwürdig
zupfend, hüpfende Korken zog er an.
Aufgequollen von Gasen, dick das Gesicht
gelöst vom Knochen, so fanden wir ihn
neben glattpolierten Wurzeln am Strand.

Sascha Anderson

Hinter Ilmenau

Kein Mitleid einerseits, nur kalter Leib / und wenn ich es von innen her betrachte / eiskalt, den Blick auf die Natur gelegt / erwärmt es lediglich, was ich mir dachte // das seinerzeit voraus und frei zu sein / von jener Hülle, die auch ich verachte / von außen hin ein Erz, ein Herz das steht / und stand, bedeutet – dem Himmel gleich, der Maske // des Südens und des Lorbeers – Endlichkeit / war nicht der Zweck der Nachricht, der sie brachte / der Unaussprechliche ist, überdreht / gesprochen, unfaßbar, der Sache Sinn // kein Mitleid, wie gesagt, es ist in ihm, ein Bild / verlassen von der Farbe, auf dem Weg der Rache

Sigfrid Gauch

Morgentod

Das kleine Gesicht im Wintermantel:
Trauermund, Warteaugen. Schrittklein
in den Hof, den Stall; die Viehspuren
im Straßenschmutz schon lang verwischt.
Waldmeisteressenz und Brunnenwasser
gegen den großen Durst.
Neben der Wasserbank eine Schöpfkelle.

Lutz Seiler

pech & blende

was uns anblies aus großen, bevölkerten bäumen
war von haus aus vertieft
in die zeit der gespräche. baumsprache war
baumkuchen und lag
schwer zu haus, wie ausgeruhter knochen
der, wie wir kinder oft riefen
vor deiner zeit
unterwegs gewesen war, der die felder durchschritten
und beatmet hatte, den wir nun
lang und gern zu loben wußten und sahen
daß auch vater ihm gut war, daß er ihn
eine *stütze der erinnerung*, ein stellwerk
seines herzens nannte und saatgut
kaum noch geläufiger schritte, der kettenfahrzeuge

der erze und öle, heraus gebrochen
aus dem quartier seines gehens, weit hinter
den dämmen von culmitsch, weit heraus
gerissen aus einer seltenen arbeit bei selingstedt
mit russischen erzen und ölen. und obwohl
wir selbst längst hätten schlafen müssen
drängten wir zu mutter hinunter, wenn vater
nachts umherging und schrie
  den knochen das weiß das waren die knochen
  mit russischen ölen und erzen
so sagten wir uns, er wittert das erz, es ist der
knochen, ja
er hatte die halden bestiegen
die bergwelt gekannt, die raupenfahrt, das wasser,
den schnaps
so rutschte er heimwärts, erfinder des abraums
wir hören es ticken, es ist die uhr, es ist
sein geiger zähler herz

Heinz G. Hahs

das niedere Gelübde des Hantierers

mit der Tonsur gegen das Gemäuer bremsen:
dann lieber das Himmelreich umgraben spatentief
Luft in die Luft streun als Dünger
die Molare der Heilgeschichte aussäen
mit breitem Wurf aus dem Ärmel –
Hauptsache Schnittlauch! ruft's aus der Küche

die fünfmal täglich Andacht im Quadrat:
dann lieber die knarrige Orgelbank sprengen
die Quecken zupfen und die Harfen
die Backen streichen und die Gamben
die Würmer einzeln im Mehle wälzen –
Und denk ans Peterle! ruft's aus der Küche

im Kreuz- und Kriechgang auf sämtlichen Vieren:
dann lieber das Krummhorn geradepusten
mit des Glöckleins Bimbam Nachlauf spielen
(als Kind schon war man niemandes Birnbaum)
nur diese Tauben daß die ständig am kacken sind
und ich muß was der Sandstein
aushält die Tröge wieder sauberkratzen –
Ein Paradieschen noch! ruft's aus der Küche

die leblang knöchelweißen Gebote (und das barfuß)?
die leblang knöchelroten Gebete (und das mit Seil)?
gut: mach ich ihnen im Fernsehn den Begegnungspfaffen
ist doch alles bestenfalls etwa (so ganz unter uns)
einmal bleibt's in der Küche still

Hugo Dittberner

Kladdentag

Ein schlanker Schein für den Schwieger
Mensch Geschichte vom Festland
Vorn stand ein Teller Milch
Die Katze war ins Foto geschlichen

Du siehst mich wie ich dem Jahrhundert
folge dem Gesang und dem Eisenbett
der Künstlerin in einen neuen Bau
Die Möwen schrien und wollten Meer

Alles lag vor mir auf der Terrasse
Ein Anruf hätte nicht mich gefunden
Der Schein um den es ging war genau
fünfzig Mark als die Tochter schwieg

Wir alle spielen Liebe Katze
Wer das begreift macht sich flüchtig
oder ruht im Hintergrund einer Insel
und opfert für dich die Kondensmilch

Ich saß da und konnte den Schal
nicht vergessen den ich seit Rom trug
Er war so leuchtend kobaltblau und hing
an mir entlang bis auf die Insel

Nun saß ich auf dem weißen Liegestuhl
und nahm den Schein aus der Geschichte
Gebe Gott daß dies ein ruhiger Tag war
Denn einen anderen gab es nicht.

Christoph Meckel

Vom Goliath

Du sollst nicht alles glauben,
was geschrieben steht.
Ich sage dir, was nicht geschrieben stand.

Der Stein schlug ins Gesicht, sein Kopf hing schief;
er schwankte und fiel flach, das Blut
lief schwarz aus Mund und Augen in die heissen Gräser.
Der Grosse sah verblüfft den Kleinen liegen
und starrte auf die Schleuder nah vor Augen
das unscheinbare Ding, aus Davids Faust gedreht
ein Griff der linken Hand, und ausprobiert
mit einem Feldstein, der am nächsten lag.
Bevor es losging, war das Stück vorbei.
Der Kleine lag im Gras, kein gut gemeinter
Tritt in die Hüfte half, das Blut rann weiter
und trocknete in Lachen, stumpf wie faules Wasser.
Er schob die Schleuder hintern Gürtel, kletterte
schweissnass den Hügel hoch zu seinen Leuten.
Ein andrer rannte zu dem Hingeschlagnen
und machte, was der Riese im Erstauntsein
vergessen hatte, säbelte den Kopf ab
und hielt ihn, leer von Blut, an Haaren in den Himmel.

III
Bremsstörung hinter Karlsruhe

Ludwig Harig

Im Auge des Orkans

I.
Was in der Mitte liegt, ist an den Seiten offen.
Von oben drückt das Nichts, von unten das Gewese,
von vorn Amerika, von hinten der Chinese:
Bald gibt das Ganze nach, da ist nicht viel zu hoffen.

Es ist die Mitte stets vom Außenfraß betroffen.
Einst rührte sich in ihr gespenstische Genese,
nun sind die Wurzeln morsch. Verdorben, heißt die These.
Der Brite sagt: Ihr Krauts! Der Flame sagt: Ihr Moffen!

Der Schwer- und Mittelpunkt liegt augenblicks in Brüssel.
Was ist mit Bonn, Berlin? Wo rundet sich die Schüssel,
die schon mit Stahlgeräusch an allen Ecken klirrt?

Dehnt sich die Mitte aus? Vielleicht bis an die Weichsel?
Führt der Franzose dann den Wagen an der Deichsel,
damit er nicht großdeutsch und hinterlastig wird?

III.
Wir Deutschen sind das Volk, das reich und angenehm,
Europas Mitte füllt, ein Völkchen von der Stange:
Gerieten früher wir zuweilen in die Zange,
heut kaufen wir uns frei. Zeit heißt das Theorem.

Uns fleckt kein Kainsmal mehr, kein häßliches Ekzem,
ein Fettglanz glatter Haut erleuchtet unsre Wange.
So waschen wir uns rein, doch nicht mehr allzu lange,
dann schmückt die Bravheit uns und Unschuld außerdem.

Und schlingen andre auch ein Netz aus schlauen Schlaufen,
wir hüten uns davor, kopflos hineinzulaufen.
Wir ruhn im Grundgesetz, und rührn uns nicht vom Fleck.

Europa, schönes Wort, um das sich alle raufen,
wir werden dich dereinst auf unsren Namen taufen.
Was sind wir doch ein Volk von Maden in dem Speck!

IV.
Die Farben schwarzrotgold: ein treffliches Emblem!
Wir sind ein buntes Volk von Franken, Sachsen, Staufen
und wollten – oder nicht – derzeit zusammenlaufen.
Ganz plötzlich hat vereint, was uns getrennt vordem.

Ein neuer Krämergeist. Gediegen ist der Lehm,
der uns zusammenbuk, er knetet uns zum Haufen.
Die Schlacht ist unser, sagt Herr Hölderlin aus Lauffen
und heilt mit frommem Wort das völkische Ödem.

Europa, ach, du bist die schön geschwungne Spange,
die uns zusammenhält im merkantilen Drange.
Der Tod, das Blut, das Geld: geheiligt ist der Dreck.

Und wütet auch der Sturm im schlimmsten Überschwange,
wir halten ihn uns fern. Es ist, für jetzt und lange,
im Auge des Orkans das sicherste Versteck.

Johannes Kühn

Stiefelklang

Stiefel höre ich wie Schuhe als etwas
Selbstverständliches.
Arme Leute gibt es immer weniger,
die sie hören auf Treppen
und hören donnernde Geschosse mit
oder des Feldwebels Stimme:
Vorwärts!

Angst
hab ich nur,
daß mir aus Versehen einer
auf den weichen Lederschuh tritt,
weil ich als Sonnengucker
mit Brille immer leicht geblendet bin.
Ich habe in guten Zeiten gelebt
und war nie im Krieg,
ich hör keine Schüsse beim Stiefelklang.

Günter Kunert

Von Herden

So geht das nicht
Entweder die Schafe Du guter Hirte
oder die Menschen
Treuer Blick Merklich Herz Einseitig
Verrat
So geht es nicht Das Fleisch
muß vorher gekocht sein
Lamm Gottes

Günter Kunert

Hyperbel

Hoffnungslos ausgeliefert
dem Flügelschlag des Schmetterlings
aus der Hyperbel.
Mir zum Leid
ermangelte einem Österreicher
das rechte Zeichentalent. Niemals
vergaß ich die unsterblichen Nichtigkeiten:
Ein Rad greife ins andere.
Und *alles* werde nur
im Zusammenhang sichtbar.

Nun sehe ich
den berühmten Bergsteiger
hinter seiner Tür mit zerschmetterter Ferse.
Als von der Schwelle
stellvertretend gerichtet.

Rolf Haufs

Festlicher Tag

Überall Sonnenschein. Gebückt gehende Greise
An Krücken. Schwebende Luftballons
Flakflak. Wir waren dabei
Jetzt schönreden singen alles vergessen
Kauft Blumen ein neues Hemd
Aber bunt. Eßt einen Apfel. Schreitet hinter einer
Schönen her bis sie die Polizei holt

Die Komponisten tragen Täschchen mit fröhlichen Noten
Da glauben wir wieder an spannende Reise
Zehn Stunden Luft wohin mit den Jahren

Alles machen wir anders. Wie immer.

Peter Rühmkorf

Einheitslied zum Fertigsingen

(Melodie: „Ich will euch singen und will nicht lügen")

Ich will euch erzählen und will auch nicht lügen:
Ich sah mal zwei Verliebte sich kriegen,
die Deutschen und die Deutschen.
Sie hatten nur eines nicht richtig bedacht,
die Fehlleistungen, die Freudschen.
Heidideldumdei.

Denn als ein Jahr vergangen war,
da schlug bereits das Posthistoire
für ihre historische Neuheit –
Weil ohne die nötige Gleichheit zerfällt
die Einheit in Freiheit zur Zweiheit.
Zweidideldumzwei.

Zweidideldumzwei, die Zwietracht wächst,
wir brauchen einen verbindenden Text
für Sieger und Verlierer.
Sonst heißt es statt „Wir sind ein Volk"
bald „Volk und Reich und Führer!"
Scheidideldumschei!

Scheidideldumschei, die Gülle steigt,
schon zeigt sich das Ausland ungeneigt:
„Scheischdeitschland, bebe merda!"
Wer hat bloß das Ding da in Rostock vergeigt?
In Mölln und Hoyerswerda?!
Weidideldumwei!

O deutsche Brüder, o deutsche Schwestern
wir werfen uns solchen Dämonen von gestern
entgegen als Patrioten.
Und was wir einst an den Nazis versäumt,
das machen wir wett an den Roten.
Heidemagogei.

Heidemagogei, aus links macht rechts,
schlagt den Faschismus im Werk Bert Brechts
(Noch Widerspruch? – Na, bitte!)
Zwei Fronten haben schon immer gestört,
wir kneifen zusammen was zusammengehört:
die nationale Mitte.
Heildideldumdeil!

. . . .

Und was soll ich euch sagen ohne zu lügen?
Ich sah ein Volk sich selbst besiegen:
⏑ ⏗ wie bare Münze.
⏑ ⏗ / ⏑ ⏗ / ⏑ Unterpfand
im „Wunder"-, „Wende"- und „Wahnsinns"-Land:
Das walte Pastor Hintze!

Christoph Meckel

Mistfuhre

in memoriam Pedro Hagen

Mistfuhre kam wieder vorgefahren
und lud ab.
Kübelweise. Kein Regen schwemmt weg.
Kein Besen kehrt aus.
Eine Elster lacht.

Da liegt ein Haufen vor dem Haus.
Ich komm nicht rein und komm nicht raus.
Wechsle die Schuhe an und aus.

Zwischen Haus und Strasse häuft sich
die Höhe des Haufens,
die Elster lacht.
Dann kommt die Mistfuhre wieder
und läd ab.

Ernest Wichner

MANCHMAL WURDE DER HIMMEL GELB wie schäbiges papier und auf der dann staubigen allee von der es heißt sie sei vor langeweile verkommen fuhr ein kind auf einem alten und von den russen bloß um seine verzichtbaren teile beklauten damenfahrrad welcher sachverhalt andernorts eingang in ein gedicht gefunden hatte in dessen krummer mittelzeile ein „i" in anführungsstrichen mit ungenauer hand verborgen worden war

Paulus Böhmer

Eben noch (Anfang/Auszug)

vor langer Zeit, jetzt,
hatten die Stimmen von alten, von jungen Männern, von
Narren, Hellsehern, Helden, Exboxern, Trinkern, kichernden
Schülerinnen, Jineteras, schreienden Müttern
die Straße gefüllt, ein Gleiten
über die Posen des Körpers, die Streifen der Haut,
über das Schaben mit einer Bürste, über Spalten,
Barrikaden, die Gelenke des Hündchens, die
Genußfähigkeit der Frau, über
den Mund der Gestorbenen, der sich bewegte, eben, vor
langer Zeit, jetzt, über die Nasenlöcher, die größer
und größer wurden, ein Gleiten
über verfallene Zähne, Einstiche, Leichen
zwischen den Häusern, übersät, verrottet, benagt,
über Schuhe, Tausende, über Stühle, Schubladen, Teller,
Mäntel, Bücher, Telephonapparate, ein Gleiten
über blutende Entzündungen des Dickdarms, über aus-
geglühte Ruinen, über die Lehre von Pflanzen, die
sich nicht häuten, keine Pubertät kennen, keine Wechsel-
jahre, keine Menses, und die,
wenn es noch dunkel ist, nicht wissen wollen, wann
der Tag kommt, und die klein dasitzen, klein
wie Anna Freud, im Rollstuhl, ein-
gehüllt in den großen, warmen Mantel des Vaters,
ein langer Sturz, eben noch,
jetzt, während die Erde trocknete, die Gräser hoch-
schnellten, die furchterregende Milchstraße sich ausschiß
über nächtlichen Schatten, eine Sechzehnjährige
in den Strick sprang, die Schar der Fremden ununterbrochen,

ununterbrochen vorbeizog und mit ihnen
der Traum vom Fliegen, die Idee der Maschine, die
Krümmung der Zeit, Sterilisierung
des Fleischbreis, Kartographie, Vermessung
und, jetzt, eben noch, vor langer
Zeit, eine Geschichte entsteht, von einer Närrin,
die am Ufer als Kind versinkt, geschüttelt von Parkinson,
Geisterbeispiel für Geister, doch im Augenblick ihres Todes
sich an einen, einen einzigen Augenblick
in aller Klarheit erinnert *(sie würde so gerne,*
sagte sie, noch einmal zur Insel fahren, sie starb,
mitten im Tag, in der Stadt, und
hinter der Tür steht der Wald und hinter dem Wald
die glotzende Sonne und dahinter der glotzende Stern und
dahinter steht gar nichts), und Erreger
griffen das Hirn an, durch-
löcherten es, Neuronen verklumpten, Hack-
batzen vermengten sich mit Schweine- und Rindfleisch-
fetzen, mit zerriebenen Keksen, Stärke, wabig-schwammigen
Brühwürsten, Nachbarn sitzen beim Barbecue,
Töchter wippen in gerippten Tops, in
elastischen Hosen, warte nur, balde
erkennst du sie nur an Knochen-
deformationen, Gebißstrukturen,
mitten im Tag, tagelang, schreien die Krähen, schreien
vom *gri-gri* des Unheils, das sich in Abnäher hängt
und leckt wie ein Hündchen Blut leckt wie ein Sänger
das Mikro, schreien vom Lecken, vom
Brei aus zerschredderten Fleischen, vom Lecken,
langsam wie Schildkröten, arrogant
wie die Gesten der Machthaber auf Kreuzigungs-
bildern, das Grauen des Sterbenmüssens
liegt auf der Haut wie Placken, die

jucken & wachsen & sich entzünden, Loops, Loopings,
Space Diver, überall, immer, jetzt,
Gewühl, Gebrüll, Begrüßungen, Männer,
die ihre Ruten reiben, tastende
Hände, Geraune, Zischen der Halbwüchsigen,
ein Golgatha, ein Jehannum, Geheule,
ein Henker, der Köpfe brät,
Eliahu, der zwischen den Schweinen liegt,
Asher, den sie mit Mehl bestreuen, Lettau,
der von der Leiter ins Meer stürzt, Karasek,
aus dem das Leben wie aus Seepocken fließt, Rototoms,
Kochtöpfe, Plastikwannen, zunehmende Aus-
höhlung der Nationalstaaten, sinnlose Verbrechen,
Güterzüge, Videoclips, Goldzähne, Cognac, Cardin-
Hemden, Tierkörperteile, nagel-
neue Gewehre, Klagelaute, Todessignale über
Kaskaden eiweißspaltender Reaktionen *(eine
unablässig sich fortzeugende, sich auf-
spaltende Bewegung ohne Ende, Anfang, Sabbatbeet
der Geschichte, Nährlösung der Gedichte)*, vor
langer, vor langer Zeit

Uwe Kolbe

Was hab ich noch nachzuholen

Fast jeden Ort hatte ich nachzuholen, fast jeden Anblick.
So einen gewissen blauen Berg hatte ich nachzuholen.
Wo hernach? Doch eigentlich hervor.
Ein Venedig und ein Comersee und ein Lugano und ein
que bello im Original.
Amsterdam habe ich zeitig nachgeholt, Kopenhagen brachte
ich ähnlich hinter mich und meine Frau, die noch mehr
nachzuholen hatte.
Was habe ich noch nachzuholen?
So viel hatte ich gelesen über Eastside und Westside –
New York hatte ich unbedingt nachzuholen, nach Chicago,
nach San Francisco, nach dem Grand Canyon undsoweiter.
Oder wars andersherum?
Erst holte ich den Ku'damm nach dem Savignyplatz.
Erst holte ich das Oberhalb der Mauer nach, in der S-
Bahn, nach dem jahrzehntelangen Vor oder Hinter.
Was hab ich noch nachzuholen: Paris und Provence und Rom
sind bereits nachgeholt, hab ich abgeholt.
Wem hab ich was nachzuholen?
Wie hol ich die liebe Gewißheit aber?
Wie hol ich das Kind nach, das hätt mir so wohlgetan?
Aber das ist ein Durchgangsstadium.

Robert Gernhardt

Der ICE hat eine Bremsstörung hinter Karlsruhe

Lila umflammt der Flieder die Hütte.
In Blumen versinkt die rostende Wanne.
Staubtrocken der Weg. Es zerrt unablässig
ein Wind an den Gräsern.

Alles im Rausch: Die Schwalben, die Blüten
Alles im Lot: Die Zäune, die Hecken
Alles im Licht: Der Schotter, die Schwellen
Alles im Arsch: Die Bremsen, der Zeitplan.

IV
Denkmal für einen Fuß

Jens-Erik Hohmann

Nach der Beichte

Nimm auf,
was ich Dir vor die Füße geworfen habe,
nimm auf, den blutverschmierten Sack;
trage ihn fort
und siehe Dir das bellende Leben an;

einen Sack junger Hunde
würdest Du im Fluß versenken;

aus diesem nähe Dir ein Brautkleid,
die Glocken des ganzen Landes
husten Dir zu Ehre
einen Marsch in Deine Wiege.

Nimm auf,
die Koffer für Deine Reise:
Du wirst in ihnen finden was Du brauchst;
ein Schiff, welches ich mit beigelegt habe,
wollen wir Titanic nennen.

Einen Koffer junger Katzen
würdest Du im See versenken;

mit diesem fahre fort,
begleite das Meer ans Land;
in den Wäldern Amerikas ist noch Platz für Dich.

Die heutige Nacht spuckte Dir ihr Herz ins Gesicht:
nimm auf, das Märchenumworbene, nimm es auf,
das zitternd Wunder tickt,
Du wirst niemals begreifen, wie soetwas schlägt;

das Herz einer jungen Taube
versenktest du im Regen,

aus diesem stille Deinen Durst,
in diesem tränke Dein verschwitztes Wort;
wie früher Wein soll Dir schmecken,
was Dich schleichend ersäuft.

Durs Grünbein

Denkmal für einen Fuß

Ein Denkmal ist ein Rinnstein für Erinnerungen
Die niemand auffängt sonst. Es ignoriert
Die Ignoranz von Zeit zu Zeit.
An seinen Kanten bricht sich das Vergessen
Und sammelt sich und bildet kleine Pfützen
Um die verlegen Lebende den Toten
Minuten opfern ihrer Lebenszeit
Die knapp bemessen ist. Ein Denkmal
Ist eine Wendemarke an der Tod
Ein Datum hinterließ und einen Namen, lesbar
Als Tröstung rückwärts und voraus als Drohung.

Vor allem Drohung. Denn vom Stein verschwiegen
Liegt eine Einsicht auf der Lauer. Alles
Was je empfindlich war (d. h. aus Eiweiß)
Wird bald zersetzt. Weshalb das Schimmern
Verdächtig ist, der tote Glanz
Nach jedem Regen, der zwar Stein und Mauer
Doch keine Haut reinwäscht. Kein Denkmal
Hält die Verengung der Pupillen fest
Bei Nacht den Schweißausbruch
Oder das Schwarze unterm Fingernagel
Das keine Inschrift braucht und keinen Kniefall.

In jedem Denkmal triumphiert die kalte Schulter
Ein Fußtritt, zeitentrückt. Das Ohr aus Bronze
Hört nichts mehr und der leere Blick
Kalkweißer Augen bleibt in sich gekehrt.
Bei jedem Wetter zeigt denselben Ausdruck
Der Mund aus Porphyr, das Gesicht
Ein stummer Windfang. Andacht
Heißt die Verlegenheit vorm Regungslosen
Wenn sich in Totenstarre (ein Reflex der Tiere)
Der Körper steif macht in Erwartung der Gefahr
Die aus der Zukunft kommt . . . wie jedes Denkmal.

Kann sein, nichts ist so wirklich und erschreckend
Wie jähes Selbstmitleid. Den eignen Fuß
An einem Sommertag zu sehn, und wissen
Daß man ihn so nie wieder sehn wird, nackt
Mit warmen Venen, kuriosen Büscheln Haar
Entspannt im Gras, gibt einen Stich.
Vielleicht ist es ein Mückenstich, vielleicht
Die Ahnung kommenden Verlusts. Narzißtisch
Wäre der Blick des Sprinters auf den Fuß
Der ihm zum Sieg verhalf, doch so
Sieht ein Bestürzter sich beim Sterben zu.

Ist das derselbe Fuß, den man als Säugling lange
Umklammert hielt, noch ganz Gorilla
Den Körper sammelnd? Ist es dieser
Verpackt in Stiefel später, graue Socken
Mit dem man einbrach, schlittschuhlaufend
Das Eis von unten fühlend. Den man weiß
Auf schwarz versinken sah im Moor. Datierbar
Ist jede Narbe zwischen Zeh und Spann
Und jeder blaue Fleck. Die Hornhaut,
Ein rauhes Albumblatt in Blindenschrift
Liest sich als kryptischer Bericht vom Einzelgang.

Warum ein Denkmal für ein Stück mortales Fleisch
Von funktionaler Schönheit, dem Geduld
Zu Rast und Bad verhilft. Die Elegie
Meint nicht den Knochen, den ein Schuh drückt,
Nicht die Achillesferse und die Sohle
Aus der ein Grieche, konzentriert in Marmor
Für alle Zeit, den Dorn auszieht. Vielmehr
Gilt sie der Wölbung, die den Körper trägt,
Der kleinen Mulde unterm Knöchel. Einzig
Ist unter mehreren Milliarden dieser eine Fuß
Von dem nicht sicher ist, wo er als nächstes
hinwill.

Ein Fuß ist nur ein Fuß – wird nur ein Fuß sein
Selbst wenn er Flügel trägt und ohne Bruch
Jahrzehnte durchhält. In Äquatorlängen
Beim Marathon durch asphaltierte Städte
Mißt sich die Strecke die er spurlos
Zurücklegt zu den Schlaf- und Futterplätzen.
Fast immer ist er in Bewegung. Nicht für sich
Geht er auf glühnden Kohlen in die Betten
Zum Liegestütz zu zweit und schleicht
Verstaucht auf Zehenspitzen fort vom Tatort.
Ein Fuß ist nur ein Fuß, ein stummes Werkzeug
Auch wenn er Zeit und Raum vergessen läßt
Verankert in der Felswand und beim Abstieg
In eine Tropfsteinhöhle, wo ein Urmensch
Im Ausdruck höheren Gefühls beim Zeichnen
Der Szenen einer Bisonjagd den kleinen Zeh
Einzog im Aufrechtgang. Nicht Hände,
Es waren Füße, die in Xenophons Bericht
Den Marsch der zehn mal Tausend führten
Und Fußvolk machte früh Geschichte.
Ein Fuß ist nur ein Fuß, gelenkig, ein Pedal
Das im Gelände kaum mehr fortkommt.
Verloren gegen Panzerketten, Walzen

Gegen Motoren, Gleise, Räder
Federt sein Schritt noch durch Geröll
Entlang der Küsten, pflügt den Dünensand
Die Streifen zwischen Autobahn und Rollfeld.
Und bleibt ein Rätsel wie der Saurierschwanz
Bald requiriert für andre Zwecke.
Verkümmern wie beim ersten Lurch
An Land die Kiemen wird auch dieses Glied
Wenn seine Zeit gekommen ist. Vielleicht
Trübt deshalb Nostalgie den Blick
Auf ein Gebilde das sich so schnell auswächst.
Der eigne Fuß, extern fast, unerreichbar
Ein fernes Körperteil und doch durchblutet
So zeigt er sich beim Gehn von oben
Ein Ding wie Arme, Beine, Flügel, Flossen
Gemacht zur Flucht von Anfang an,
Zum Auszug aus dem Paradies. Ein Denkmal
Wird ihn nicht halten und im Gipsabdruck
Sieht man die Stürze nicht, den Weg.

Dein Fuß ist nur dein Fuß – der hinterherhinkt
Den Stellen hinterm Komma und markiert
Die kleinen Pausen im diskreten Sterben
Und gibt als Gangart unter sich den Boden
In kurzen Sätzen weiter an das Ohr.

Jochen Gerz

Das lebende Monument von Biron

Dem Wunsch der Einwohner von Biron (einem kleinen Dorf der Dordogne) folgend, erhielt Jochen Gerz den Auftrag, das Denkmal für die Opfer der beiden Weltkriege zu erneuern. Er stellte den Einwohnern des Dorfes eine Frage, die geheim bleibt. Die 127 Antworten wurden auf Emailleschildern an dem Obelisken angebracht. Wer von den Einwohnern das achtzehnte Lebensjahr erreicht oder wer dem Ort zuzieht, dem soll auch in Zukunft die Frage gestellt werden. Einige der Antworten:

Wenn es das neue Denkmal für die Gefallenen gibt, wird das ganze Dorf etwas davon haben. Das wird ein einzigartiges Monument, das von Biron, und das ist gut so. Es ist so viel besser, etwas zu tun, anstatt alles verfallen zu lassen. Die Kriege hat es immer gegeben, aber man darf sich nicht daran gewöhnen. Man muß sagen, daß es Zeit ist, daß das aufhört. Heutzutage ist es die Arbeitslosigkeit, die die Leute mehr beschäftigt. Die armen Jugendlichen haben keine Arbeit mehr.

Das Leben ist unglaublich. Die Kriege haben uns nichts gebracht. Für mich ist das, was man in diesem Jahrhundert erlebt hat, eine Schande. Mein Bruder wurde verhaftet: am Montag ist er in den Knast gekommen, am Dienstag war er exekutiert. Bestimmte Dinge haben sich seither eingerenkt. Aber ich bedaure die Jungen. Sie müssen randalieren, hier und da einen Schein mitgehen lassen. Zu sagen was sich letztlich lohnt, ist delikat. Ich kenne die Zukunft nicht. Wir leben in einer unsicheren Zeit.

Wegen der Kinder ist es schade, sein Leben herzugeben; das wäre sehr hart. Um sein Land in Betrieb zu halten? Es muß andere Methoden geben. Man ist stolz auf die Kinder: man fordert etwas von ihnen, man erzieht sie gut, damit auch sie Leben schenken können. Wissen Sie, mein Mann kam am Morgen, ich war noch nicht ganz wach. Er sagte: „Es ist ein Mädchen, was für ein Glück, sie muß nicht in den Krieg." Er wollte keinen Jungen, um in den Krieg zu ziehen.

Das Leben ist schön, wir haben es selbst geschaffen, es wäre zu einfach, es zu verschenken. Wir sind einen Weg gemeinsam gegangen, wir sind ihn aber auch einzeln gegangen, jeder für sich, um soweit zu kommen. Leben opfern ist immer sinnlos, gleich zu welcher Zeit. Man darf nichts wiederholen, vor allem nicht die Grausamkeit, auch nicht die Schrecken. Das Leben eines Soldaten ist ebenso wichtig wie das Leben dessen, der darüber entscheidet, das Leben des Soldaten aufs Spiel zu setzen. Ich fühle mich nicht schuldig, wenn ich mein Leben nicht hergeben will. Im Gegenteil, ich würde mich schuldig fühlen, wenn ich es verschenken wollte.

Das Leben hat einen Sinn. Zu töten oder sein Leben zu verschenken ist dasselbe und immer gleich unsinnig, heute wie gestern. Das Leben ist alles: die Freude, das Glück, die Pflicht. Man darf es nicht in Gefahr bringen. Ich verstehe aber, daß die Leute, die den Krieg erlebt haben, das mit anderen Augen sehen. Trotzdem glaube ich nicht, daß ich meine Meinung ändern werde. Es stört mich überhaupt nicht, daß andere hier wissen, was ich denke.

Ich glaube, daß das Leben mehr wert ist als Ideen. Es ist unersetzlich. Aber ohne Ideale hat das Leben keinen Sinn, es ist also eine schwierige Frage. Wir haben Wurzeln, wir haben Eltern, man wird geprägt, es ist normal, daß es Denkmäler gibt. Aber der nächste Frühling kommt bestimmt, komme was wolle. Ich war Arzt in Algerien, ich wurde nicht eingezogen. Wir haben die Araber genauso versorgt wie die Franzosen, wir haben keinen Krieg gemacht. Der Krieg ist entsetzlich, Punkt. Alle Kriege sind gleich. Und alle Völker, die einen Krieg machen, begehen Verbrechen. Der Krieg ist immer die billigste Lösung.

Ich habe Lust zu leben. Das Leben ist sehr kurz. Ich würde meins für niemand verschenken. Es vergeht schon so zu schnell. Ich habe keine Kinder; vielleicht könnte man sich für ein Kind ändern. Ich fände es verrückt, nicht stupid, nur verrückt, sein Leben zu geben. Für mich ist der Krieg weit weg. Zum Glück hat es Leute gegeben, die ihn mitgemacht haben, sonst wären wir nicht mehr französisch. Ich bin gern Französin. Wenn man den Krieg nicht gekannt hat, kann man fast nicht sprechen davon, glücklicherweise.

Ich wäre bereit, mein Leben aufs Spiel zu setzen. Ich weiß noch nicht einmal, ob man dazu gute Gründe braucht. Man tut es, ohne nachzudenken: man weiß, daß man es tun muß. Es von anderen zu verlangen? Ich verfüge über mein eigenes Leben. Um auf den Krieg zurückzukommen: wir sind es, die die Verantwortlichen wählen. Auf dieser Basis versuche ich, Vertrauen zu haben. Sonst wäre das keine Demokratie.

Es gab während des Zweiten Weltkriegs einen Völkermord, den am jüdischen Volk. Ich finde es pervers und ekelhaft, daß ein Verrückter eines morgens aufwacht und beschließt, ein Volk zu vernichten. Man hat es wegen seiner Religion getötet. Man hat nicht das Recht, ein Volk deshalb zu verurteilen. Das ist sie, die große Wunde des Krieges. Also, sein Leben geben? Für humanitäre Fragen, ja, das macht trotz allem Sinn.

Man muß kämpfen für das, was man erreichen will. Wenn man zu einem Streik aufruft, greift man zur Gewalt, um etwas durchzusetzen. Zum Krieg kommt es aus dem gleichen Grund. Der Wirtschaftskrieg ist auch ein Krieg, der bakteriologische ist vielleicht der nächste. Die Welt verändert sich, der Mensch auch. Das Verhältnis zwischen Mensch und Umwelt nimmt vielleicht den Platz ein, den das zwischen Mensch und Mensch eingenommen hat. Der soziale Ausschluß ist wie ein Krieg ohne Feind, er ist fast noch schlimmer.

Es scheint mir normal, Kindern Leben zu schenken. Der Rest zählt nicht für mich. Ich spreche nur vom Frieden; miteinander auskommen ist besser, als aufeinander zu schießen. Die Gabe des Lebens ist im Frieden wichtiger als im Krieg. Sein Leben zu verschenken ist die Arbeit des Mannes, Leben zu schenken ist die Arbeit der Frau.

Michael Buselmeier

Entwurf für ein Monument

Im Blutlicht
flirrender Nebengleise
dieser stinkende
Viehwaggon
voller Schlachtopfer
verloren
julitaglang

... ein Aufflattern/Stöhnen
zages Rütteln
bis anderntags
scharf sichtbar
von der Bahnbrücke her
Urin Kot und Fette
aus den Türfugen quellen

Thomas Böhme

Bienendienst

Noch ehe man an das Haus denkt, macht man sich mit den Gerüchen vertraut. Die Gerüche, die einer bestimmten Helligkeit angehören, einer Helligkeit, die man bei der Aufstellung des Hauses beachten sollte. Braunes Licht und der Atem der Blüten. Die geflochtenen Baumattrappen vor dem Haus in den Farben der Jahreszeit. Körbe auf Holzbeinen mit kleinen Startrampen vor den Einfluglöchern der Zunft.

Von Noah, als er sein Haus abzudichten begann, damit das Wasser es trug, war man Sorgfalt gewohnt. Das Wachs, mit dem er den Hausrumpf bestrich, wollte er Tropfen für Tropfen zurück erstatten. Noch vor der Erwähnung des Honigs beschreibt der Chronist die betäubende Süße des Holzes. Von Bienen ein Volk nahm sich Noah ins Haus, ein Volk brauner Tänzerinnen zwischen all den dampfenden Paaren.

Wir stellen uns rauchend und in Öltuch gekleidet vor die Körbe und rufen die Arbeiterinnen bei ihren Mädchennamen. Diesen Namen, die sie sich auf den Wiesen ertanzten: Maja und Sulamith, Ursula, Pocahontas. In ein Meer aus Gesumm greifen wir mit geschützten Händen. O, ihr schönen Pelzträgerinnen, wie ihr schwärmt vom Aroma des Rapses, des Wiesenklees, der Kuhschelle und der Schlehe!

Joachim Gunter Hammer

Audiotaktile Thermovision oder Multimediapolis 2

Jeder Punkt deines abgespeicherten Körpers kann irgendwo plötzlich auftauchen und sich in einer anderen Erscheinung finden; eine Katze, die sich nicht in einen Tisch verwandelt, der schwebt und Augen in der Farbe deiner Geschmacksknospen hat, kann unmöglich wirklich sein; gOtT ist, wenn er ist, ein sich selbst begnadigender Illusionist, formulierte schon zur Jahrhundertwende die nicht computergestützte Fanta-Sie des aus Tirol gejodelten Dichters Toni Gletscher; jeder Punkt einer anderen Erscheinung kann irgendwo plötzlich verschwinden und sich an deinem Körper finden, ja

mit Monroes Lippen hättest du stets Appetit auf dich, aber auch im natürlichen Rohzustand bist du eine recht bunte Zahlenreihe, die weiß, das Glück ist ein High-Tech-Produkt, und mixt dich spontan mit x-beliebigen Tieren zu neoägyptischen gOtThEiTeN hoch, erschaffst dir leidenschaftliche Kreuzungen von deiner am Faschingsdienstag ausgeklickten Hauskatze, die gern in Schwarz schlich, mit Claudia Schiffer oder einem rothaarigen Nachfolgemodel, läßt dich drehen und kippen durch verschieden eingefärbte Himmelshöllen und Kristalle und montierst, wenn dir ein bißchen nach Schmerzlust ist, nach altem Wehsinn, gleich einen Orgasmus in cis – moll dazu, den du noch während des fleischlichen Abzuckens beliebig transponieren kannst . . . also jeder kann echt alles haben und bewohnen, eigenes Fremdtum genießen, wenn er sich und seine Umgebungen auch für andere abspeichern läßt; freilich weiß dann bislang keiner, wie viele, auch Schwarzklicker sollen darunter sein, gerade in seinem Schlafzimmer vögeln ohne das Leintuch zu knittern, seine Emanationen mißbrauchen oder gar seine Eier plus Schwanz aus dem Archiv entlehnen für achtdeutige Nummern mit Zwischenwesen etwa aus Klatschmohn, Meerschweinchen und Clinary Hillton . . .

Für jedes gewählte Multisinneserlebnis ist natürlich Eintritt zu zahlen und für ein Ausklicken nach der Zweiminutenschnupperfreifahrt eine Abbruchtaxe, in manchen Bundesländern auch Mitbeteiligungsverweigerungsgebühr genannt. Bei einer Kündigung des Gesamtprogramms hat man das Leben zu stornieren, wird sofort der PC und Kabelanschluß auch für direkte Demokratie entzogen und die Kreditwürdigkeit automatisch gelöscht, aber

nur äußerst wenige Tote, meist aus hintersten Winkeln der Weltbundesmediathek oder kaum mögliche Datenhighwayverkehrsunfallopfer, sind aus hier unnachvollziehbaren Gründen oder durch ein neues Virus derzeit nicht mehr abrufbar und erneut vor die Wahl zu stellen . . .

Katja Lange-Müller

Akt mit Träne

Die erste Träne ist
wie in einen sauren Apfel beißen.
Weinen tut weh,
doch nur die erste Träne lang.
Diese salzigbittre Träne –
sicher ist auch Zucker drin,
denn fürchterlich klebt ihre trocknende Spur –
überrollt die ganze Wange.
Am Mundwinkel verbündet sie sich
mit etwas Speichel
und ab gehts
ins Grübchen,
das juckreizgeschüttelt sie ausgießt,
schräg rüber
zum zitternden Kinn.
Von dem –
sie hat gar keine Wahl –
stürzt sie
niagaraкühn
runter auf die Brust –
den Hang nimmt sie leicht –
bis hin zur knubbligen Spitze.
Hier nun muß sie innehalten
und –
geballt zum Tropfen wider die Verdunstung –
doch schon schwindend,
hofft sie noch:

Armeen von Einzelkämpferinnen
mögen folgen ihrem Beispiel,
die Weinende aber bloß nicht
sich rühren,
weil sonst die nächsten Tränen,
wenn sie einmal kämen(!),
andernwegs andre Gräber fänden.
Endlich –
die Schwerkraft erzwingt es –
fällt der ersten Träne trüber Rest
hinab auf den weißen welligen Bauch
und verpißt sich
ins Dickicht der Scham.

V
Vom Lilienloch zum Lattenlift

Kurt Mautz

Die Schlauen im Lande

Die Schlauen im Lande,
die Schelme in Landau,
die allein den Schaum
machen und lila Seide,
die lauschen im Lande,
malen die linde Schau,
Lendenschau im Ideal.
Die malen Schilda neu,
schleimen die Luna da.
Laie diene am Schlund,
male Schindeln – adieu!

Franz Mon

lauwarme wolle

mein lumpenlamm   dein lampenlob
   war wechselweise wer wie wachs
dein lodenlack   sein loddellatz
   will weder wut will wieder wuchs
doch löffellurch   ihr luderlohn
   walzt wackelwendig inwieweit
vom lilienloch   zum lattenlift
   wetzt wickelwonnig wies was wird
als läuselohn   für lutscherleid
   weicht windelweich will wiederum
den latexlatz   statt löcherlug
   wos willig wutzt was wonnig wächst

Franz Mon

konterkariert

kann keiner kentern?
  einer könnte kontern.
keiner konnte kentern!

kann keiner kontern?
  einer könnte kugeln.
keiner konnte kontern!

kann keiner kugeln?
  einer könnte kokeln.
keiner konnte kugeln!

kann keiner kokeln?
  einer könnte kicken.
keiner konnte kokeln!

kann keiner kicken?
  einer könnte kacken.
keiner konnte kicken!

kann keiner kacken?
  einer könnte kotzen.
keiner konnte kacken!

kann keiner kotzen?
  einer könnte kitzeln.
keiner konnte kotzen!

kann keiner kitzeln?
  einer könnte küssen.
keiner konnte kitzeln!

kann keiner küssen?
  einer könnte kauen.
keiner konnte küssen!

kann keiner kauen?
  einer könnte kungeln.
keiner konnte kauen!

kann keiner kungeln?
  einer könnte köpfen.
keiner konnte kungeln.

kann keiner köpfen?
  einer könnte kullern.
keiner konnte köpfen!

kann keiner kullern?
  einer könnte keinen.
keiner konnte kullern.

Michael Lentz

rätsel, kreuz, prozeß

ein springtanz ohne wanz

was hört was kommt vom draußen ich.
das muß ein wagen träger sein
dem niemand fehlt den kommt allein
von selber aus dem kuckuck zum.

was ich nicht bin das frißt die not
also denke beißt die runde.
denn er reicht die mühle hof
mit schlägern in der stunde.

um heimes willen drückt er zu
sieh da sieh da jambeus auch du
wie lange noch das über alles
schweig lieb heimat, kreist der dalles.

noch eh ich was fromm draußen rein
dem niemand frißt die stunde ein
will über smok und schweigen
der richter sich verneigen.

und aller fragen ofen.

Klaus Modick

Neujahrsamnesie

Sylvester ist seit je das Fest der Feste.
Wir trinken Sekt und lassen Böller knallen.
Das Schönste aber und das Allerbeste,
ist . . .
mir leider im Moment entfallen.

Am ersten Jänner wird das neue Jahr beginnen.
Am einunddreißigsten Dezember hört es auf.
Bedenk, oh Mensch, mit allen deinen Sinnen,
daß du . . .
ich komm jetzt grad nicht drauf.

Das alte Jahr wird sich zum Ende neigen
mit Korkenknall und Feuerwerksgestrahl.
Dann wird das neue Jahr sich pünktlich zeigen,
wie . . .
ach, das ist doch scheißegal.

Im neuen Jahr wird alles gründlich besser werden:
das Trübe klärt sich, Dunkelheit wird hell,
die Menschen werden glücklich sein auf Erden,
weil . . .
äh, wie sagt man doch noch schnell?

Das nächste Jahr wird anders als die andern,
deswegen nennt man es „das junge",
bedenke, Mensch, in deinem Erdenwandern,
daß . . .
tja, es liegt mir auf der Zunge.

Das Tollste freilich in dem neuen Jahre:
Kein Regen mehr, der Himmel ewig heiter,
die Siechen springen lachend von der Bahre,
denn . . .
hier weiß ich nicht mehr weiter.

Ekkehard Mall

T-Raum 1
Es hebt sich steht und geht herum
und stockt und steht und dreht sich um
und steht so dumm im Raum herum
und geht und dreht sich. Es geht um.

T-Raum 2
Es zieht dahin es kommt daher
es stellt sich still und legt sich quer
es macht sich leicht es macht sich schwer
es schmiegt sich an und ist nicht mehr.

T-Raum 4
Es ist los es ist weg es ist dort
es ist weg es ist da es ist fort
es ist da es ist fort es ist dort
es ist da und ist dort und vor Ort.

T-Raum 6
Es hält es fällt es hält sich noch
fällt hält sich steigt hält fällt
hält neigt sich fällt. Hoch ist das Loch.
Das Loch ist rund. Es fällt es hält.

Schuldt

Jeder Wurf ein Ulan

Vollständig abgefaßt in OXFORD-DEUTSCH,
einer Spielart des ENGLISCHEN

Jeder Wurf?	– ein Ulan.
Jeder Ulan?	– ein Strolch.
Jeder Strolch?	– ein Bummler.
Jeder Bummler?	– ein Sänger.
Jeder Sänger?	– ein Weltschmerz.
Jeder Weltschmerz?	– ein Schlamassel.
Jeder Schlamassel?	– eine Realpolitik.
Jede Realpolitik?	– ein Scherz.
Jeder Scherz?	– eine Weltanschauung.
Jede Weltanschauung?	– ein Plunder.
Jeder Plunder?	– ein Walzer.
Jeder Walzer?	– ein Zeitgeist.
Jeder Zeitgeist?	– ein Schwindel.

Jeder Schwindel? – eine Kultur.
Jede Kultur? – ein Fusel.
Jeder Fusel? – ein Ersatz.
Jeder Ersatz? – ein Schaum.
Jeder Schaum? – eine Lust.
Jede Lust? – ein Leitmotiv.
Jedes Leitmotiv? – eine Kultur.
Jede Kultur? – ein Münchhausen.
Jeder Münchhausen? – ein Schamane
Jeder Schamane? – ein Wanderer.
Jeder Wanderer? – ein Zickzack.
Jedes Zickzack? – ein Schnappen.
Jedes Schnappen? – eine Schnauze.
Jede Schnauze? – ein Hänseln.
Jedes Hänseln? – eine Judenhetze.
Jede Judenhetze? – ein Minenfeld.
Jedes Minenfeld? – ein Spiegel.
Jeder Spiegel? – ein Strass.
Jeder Strass? – eine Kultur.
Jede Kultur? – ein Furnier.
Jedes Furnier? – ein Automat.
Jeder Automat? – ein Doppelgänger.
Jeder Doppelgänger? – ein Kind.
Jedes Kind? – ein Klumpen.
Jeder Klumpen? – eine Ewigkeit.
Jede Ewigkeit? – ein Leben.
Jedes Leben? – ein Talmi.
Jedes Talmi? – eine Träne.
Jede Träne? – ein Spiel.
Jedes Spiel? – ein Nix.
Jedes Nix? – eine Strafe.
Jede Strafe? – ein Ventil.

Karl Riha

sonett (liegend)

Valeri Scherstjanoi

Scribentische Rede

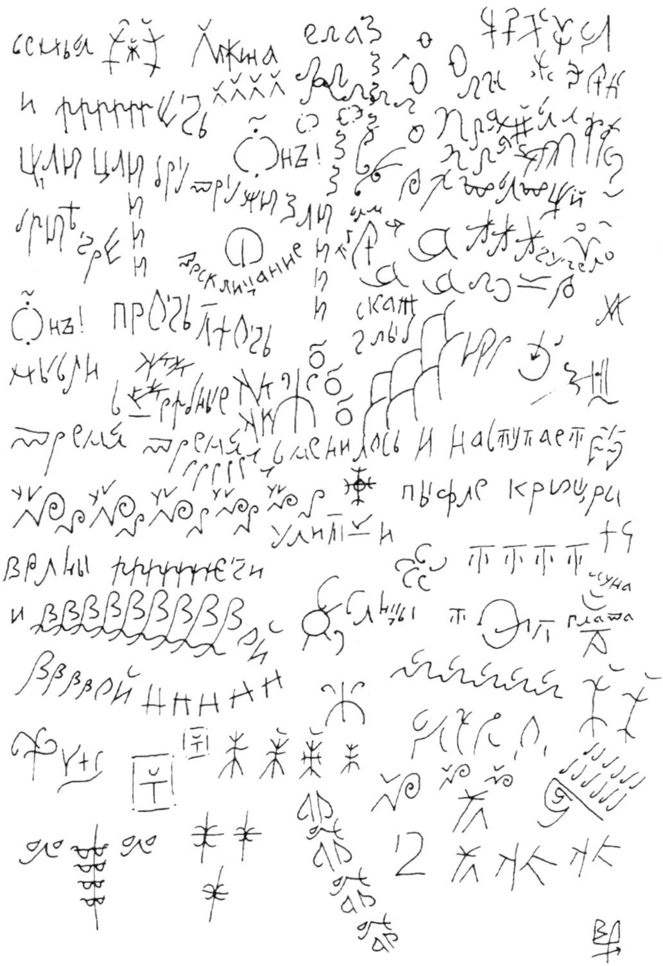

Heinz Gappmayr

rot

Oskar Pastior

villanella mit bugwelle

in Adam reizt Berta wie Duck schon Ensors kropf
aus der vorpositioniert gedeuchten zwischenbeichte
wo nach Adam Cäcilie wie Duck an Ensor andockt

steht zweitens Berta erstmals drittlings hier also
kurz eingemeindet für den fortgang – desgleichen
in Adam reizt Berta wie Duck schon Ensors kropf

zum gemeinen bougainvilleanösen dialog im kork
fingert stopfgarn in sogenannte dritte bereiche
wo nach Adam Cäcilie wie Duck an Ensor andockt

steigt demnach lax aus dem vierten feuerloch
das nasen-ödem von hornflath im geschnäuze –
in Adam reizt Berta wie Duck schon Ensors kropf

daß nicht mal ein korso bis nach wladiwostok
oder wut am stricktopp böge oder hin reiche
wo nach Adam Cäcilie wie Duck an Ensor andockt

kratzt alsdann Firdusi auf zum quadrämen trog
erzählt kein stellwerk mehr – denn jene feuchte
in Adam reizt Berta wie Duck schon Ensors kropf
wo nach Adam Cäcilie wie Duck an Ensor andockt

Oskar Pastior

villanella rauchverschnitt

– wenn überhaupt dann tee vielleicht auch
nicht mit soviel schale dafür schon aber
ein wenig mehr oder gleich kalten baruch

nur zone bitter bitte etwas gummischlauch
wär fein und hernach dann als kandelaber
wenn überhaupt dante vielleicht – auch

böte jener selber (bruchgut) im gebrauch
an sich durch dritte sich melancholabel
ein wenig mehr oder gleich kalten baruch

selbst ohne an – ach ja wobei ein hauch
genügen täte (etwas lumber etwas knaber) –
wenn überhaupt dann tee vielleicht auch

ein gedanke höher traun! der alte saugt
sich nicht so rein wenn doch am stab er
ein wenig mehr oder gleich kalten baruch

verheißt und spitz biscuitten auftaucht
am dubuffet zum schmock des fumo haber
wenn überhaupt – dann tee vielleicht auch
ein wenig mehr oder gleich kalten baruch

Oskar Pastior

villanella mit sarkophag

im bettelschwalm verstellt mobilität
den atem wie im kropfgestell ein rumpf
sich zum gedächtnis um denselben unstet

denn wenn der atem sich verhält entsteht
durch kurze zuwendung von außenlüftung
im bettelschwalm verstellt mobilität

so wie im bettelmann der apfel dunstet
verwurstelt um den finger dieser prunk
sich zum gedächtnis um denselben unstet

und steht entsockt darob im felsenfett
zur molkerei mit den paar zellen – stunk
im bettelschwalm verstellt mobilität

um zopf und krösus wos ums quorum brät
weht hauptbereinigungsentzug und kurvt
sich zum gedächtnis um denselben unstet

genau der aber tuts in dampf und brett-
gestell zum pharao wenn hic et nunc
im bettelschwalm verstellt mobilität
sich zum gedächtnis um denselben unstet

VI
Eines Tages stand ich am Ufer des Mississippi

Johannes Kühn

Dichterruhm

Wenn ich berühmt wäre,
würde ich es wohl können,
mit Steigeisen
den Himmel hochsteigen –
das im Gedicht,
den Blitz mit einem Beil spalten –
das im Gedicht.

Lieber dicht ich,
das Gras wächst und braucht keinen Stock wie die Rebe.
Lieber,
das Firmament steht heiter,
du senkst die Stirn schon zum Tod.
Lieber,
der Sturmwind verstaucht sich den Fuß und schreit.
Aus bescheidenen Titeln
wollte ich Funken schlagen und Feuer zünden.

Die Schuhe genagelt mit Goldnägeln ging ich nie.
Es stellten sich Leute vor mein Fenster und sagten:
Hier wohnt ein Narr.

Ich ließ keine Raben steigen: Sucht mir Freunde!
Ich ließ keine Adler suchen,
keine Falken,
ich biß auf meine Zähne,
zählte Verse.

Elke Erb

In zwanzig Jahren

werde ich altgeworden sein, oder? Nämlich gebrechlich,
geschwächt, habe mehr als gelegentlich *dann*,
ja gewiß gleichermaßen systematisch

Ausfälle des Gedächtnisses, des Wahrnehmens.
Und die Löcher, wie Mottenfraß, werden aber anderer-
seits
Gewebeverdickungen sein – Löcher nur meinerseits –
unauflösliche, undurchdringliche
Knoten. Dazwischen ich.

Seit ich denken kann, ein Geschrei jedesmal,
wenn ich durchkomme irgendwo – von irgendwo nach
(unvermutet) irgendwo.

Werde dies Durchkommen zeitlebens als Text
aufgesetzt, gewebt *haben*, plusquamperfekt.

Also doch dauerhaft *dann*,
jedes Mal, schärfer, rascher als jetzt & zeitlebens
wahrnehmen, was bleibt, während ich
abnehme.

Abnehme, zunehmend stocke, stutze, stehe und
Schluß. Kehre ich um, wie vor verschlossenen Türen?

Schließlich weg sein,
als Kürzel mich überholender Perspektiven
einst in die Welt gesetzt, unvollendeter Vergangenheit.
Heerzugsmut, schicksalsergebener.

Es sei ausdrücklich wieselflink,
wie unterwegs das Bachwasser blink.

Werde nicht hören, was man
Unbekömmliches sagt. Reine Materie, still doch.

Sinnlöcher, Seinsverdickungen, unverschluckbar
(unerreichbare Gegenteil-Häppchen). – Taugen,
miteinander verbunden, als Käfig

(oder nur die Verbindungen, ohne sie), – und drin,
in die Ecke geduckt, das verschüchterte Huhn

(flatternd, wenn jemand kommt, mit den gestutzten
Flügeln.)
Wie gehetzt.

Wie verschreckt.
Die Blicke der Greisin sind klein und huschen,
habe ich öfter gesehen. So geistert sie,

entgeistert, nicht mehr das Rebhuhn der Steppen zu sein.
Ca ira.

Elisabeth Borchers

Eines Tages

Eines Tages stand ich am Ufer des Mississippi.
Das ist keine Erzählung.
Das Hochwasser führte in dem ihm eigenen
beschleunigten Fliessen
mit sich 1 gedunsene Kuh 1 gedunsenes Schwein
1 gedunsenen Baum 1 gedunsenen Strauch.
Nicht aber den Dampfer mit Rad.
Als ich mich unbeobachtet sah

tauchte ich eine Hand in das Kadaverwasser
meiner Kindheit.
Das ist keine Erzählung.
Das ist der Augenblick.

Jürgen Becker

Was es ist

In jedem Fall bleibt das Heft
offen liegen; es könnte ja schneien, bevor das Laub
in den blauen Säcken verschwunden ist; es könnte sich
unterm Dach der Remise das Rudel Rehe
hin und her bewegen. Im Anflug eine rote Maschine,
und wenn
sie zur Küste abdreht, steht eine Erinnerung, die noch
nicht weiß, wann sie gebraucht wird, vom Tisch auf.

Alles in Vorbereitung. Man beginnt zögernd. Der Rauch
der ersten Zigarette steht wie ein dünner, leichter
Himmel
im Zimmer. Es geht nicht um
eine direkte Verbindung, um leerzumachende Räume
und eine Strategie, die es ausführt.

Zu früh für ein Inhaltsverzeichnis. Der Sommer
schaltet sich noch einmal ein, kurz vor Mitternacht
in der Talkshow. Und das Interview
über Pilze, Kiefernwälder, vermintes Gelände
kommt über die Hoftür herein, wo die Fahrräder
stehn für die Frühschicht.

Als liefe der Film zurück, bis in die Szene, in der man
fast nichts sieht von Schienen und Bahnübergang
vor den Kulissen des Nebels. Jetzt fängt die Geschichte
erst an; man war schon mal weiter.

Wie immer, verschoben wird der Termin, und man setzt
die Vorbereitungen fort; nichts Großes, die gewöhnlichen
Manöver,
alles eine bekannte Umgebung.

Inzwischen hat es geschneit; inzwischen hat sich
der Krieg beschäftigt mit einer abtrünnigen Provinz.
Unschuldig sind sie alle, und nur auf den Flächen
der großen Flüsse hat der Schnee keine Chance.

Man telefoniert und fragt, ob
die Zimmer noch frei sind; ein kurzer Aufschub, bis
leergeräumt sind die Straßen, obschon es
nur Ausflüchte sind, ganz leicht zu durchschauende
Simulationen. Flüchtlinge sind unterwegs, nur sieht man
sie nie, oder man schaut in die andere Richtung.

Aber die Kälte dringt langsam ins Haus, warum überhaupt
stehen so viele Fenster offen; es gibt keine Wünsche, die
einfliegen, ausfliegen, und das Bild
von der belgischen Küste, über der die rote Maschine
kreist, taucht vorläufig nicht mehr auf.

Also weiterhin Skizzen, eine vage Architektur, die
eine Weile sich über die Blätter bewegt, bis man weiß, so
geht es nicht weiter. Draußen nimmt zu
und nimmt wieder ab das Geräusch von Korrespondenzen;
wer mitspielen will, drückt die Taste. Das Rudel
schreckt hoch, sichert zur Straße hin, aber es kann, wenn
man aufsteht und hinsieht, von woandersher kommen.

Steffen Jacobs

Übung im Konjunktiv

Manchmal beim Frühsport
stellen sich solche Fragen:

Wäre mir, wenn es an mir gewesen wäre,
das Rad in den Sinn gekommen,
rund, schön und schwierig, oder,
eine halbe Drehung früher, das Feuer?

Welche Wendung hätte die Welt, so
auf mich gestellt, wohl genommen?
Würde ich die Sache in Schwung gebracht
und in Gang gehalten haben?

Wäre, hätte, wollte:
Ach, wer das könnte!

Einiges ließ sich durch Übung ausgleichen.
Andere Wunden hält man sich offen.
Ohne Klinik, soviel steht fest,
wäre ich heute längst klinisch hinüber.

Es bleiben die kleineren Fortschritte
an Armen und Beinen, es bleibt
das Ich als offene Form seiner Möglichkeiten,
der am eigenen Leib erlebte Körper.

Gewiß, es ging auch ohne mich weiter,
und es ginge auch weiterhin.

Aber wenn ohne meinesgleichen
mein und Ich nicht denkbar sind,
wie wäre es dann, ihrer dafür
Tag für Tag mit Dank zu gedenken?

Nackte, anfängliche Fragen
auf des Tages Bettvorleger:
So mache ich mich fit
für den Fortgang der Prüfung.

Hans-Ulrich Treichel

Seit ich hier bin

Seit ich hier bin, trage ich Taschen
voller Papiere, fahre ich Fahrstuhl,
telefoniere, trinke Kaffee wie ein Mann
mit Terminen, liege ich schlaflos,
interpretiere, huste und reime, traurige
Tiere, spende dem Geiger in der Passage
einen Gedanken, was ist das Leben,
wenn nicht ein Geigen in den Passagen,
was kann er tun und was soll ich sagen:
Pflege Kontakte und streue Asche auf
deine Akte. So ist das hier.

Friedrich Ani

Der Erfinder

Nach der Eroberung meines Zimmers
tret ich vor die Tür.

Erst erfind ich:
mich. Dann:
Atem,
aus dem ich,
hungrig,
meine Stimme schäle.

So gestärkt,
erfind ich seltene Schatten,
die mich werfen, winke
meinem Haus

Paul Wühr

Als

ich ein Leben lang mit
nackten Schultern

den Kopf aber immer
dazwischen in

eine immer wieder neue
Zeit hinüber

schaute wurde ich doch
nie davon

so angezogen um dort
drüben einmal

herzuzeigen was man
derzeit trägt

Paul Wühr

Mir

kommt so viel weg in
letzter Zeit haben

andere nicht auch diese
Abnahme ihrer

Akzidenzien ich will
um es

kurz zu machen nicht
dabei sein wo

alle später sagen sie
wären und wie schön

das gewesen sei

Siegfried Schaarschmidt

Inmitten

Ihn beherrsche
ich noch diesen
Zirkelschlag um
den Augenblick

ins dampfende
Erdreich fällt
die Sonne der
Mond kopfunter
wie abgeschnitten

da lache ich
mit den lachenden
Gesichtern ringsum

da bin ich der alte

Siegfried Schaarschmidt

Zum Gehäuse

Es sollte Esche sein

die nötigen Zweimeter-Bretter
drei für oben vier für unten
und zwei Daumen dick
sind aus einem Stamm meines Alters
leicht zu schneiden

das Holz mit der dichten glatten
Maserung ist zäh daß es die Jahre
bis zum Vergessengehn überdauert

Eschen mächtige Kerle als ich Kind war
standen unsere Straße entlang da sah ich
Abend für Abend fiel die rote Sonne hinein

Steffen Jacobs

Wie sie den Tag schiffbar machten

Die Tage werden täglich kleiner.
Vier Stunden Licht: Wo wäre einer,
der damit etwas anzufangen wüßte?
Ich weiß es nicht. An meines Morgens Küste
liegt schon der Abend steinwurfweit in Sicht,
dazwischen wabert graugeschecktes Licht.
Der Tag läuft fort als trübes Rinnsal.
Sag bloß, dies Licht erscheint dir nicht fahl.
Ich jedenfalls erblicke weiter nichts
als dichte Bänke schlierig stumpfen Lichts.
Wir legen ab in einstmals heiterm Kahne,
und du sprichst aus, was ich erst zaghaft ahne:
Der Tag ist gar nicht wirklich klein.
Grau, schlierig, fahl und stumpf bin ich allein.

Gerhard Rühm

wolken

wolken treiben mich mit sich fort
wolken dunkel und wolken hell
wolken träge und wolken schnell
nichts was mich zu halten weiss
wolken im winde von ort zu ort
zuweilen weinen die wolken leis
und regenwasser spült mich leer
trudelnd erkenne ich mich nicht mehr
und löse mich in tropfen auf
die wolken der wind des flusses lauf

Gerhard Rühm

todmüde

zu boden fallen wie ein brett
der boden ist die erde
die erde ist das bett

ich robbe zu den kissen
mein schlaf sei weich und tief
versunken in nichtwissen

ich träume – oder nicht?
wer rief? – seid still
und macht kein licht

VII
Auf dich habe ich gerade gewartet

Helga M. Novak

AUF DICH HABE ICH GERADE GEWARTET

mein transdanubisches Abenteuer
ein Vierteljahrhundert war ich regel-
recht gespannt auf dich und nun
weiß ich vor Schreck nicht was ich
dazu sagen soll so abenteuerlich
hat mir noch keiner den Weg verstellt
dunkel und auf der Pirsch und gesetzlos
wie die Förster und Jäger behaupten
denen ich natürlich kein Gehör schenke
jetzt bist du aus Fleisch und Blut
Knochen und noch irgendwas aber was
einer der silberne Böschungen macht
mit Forellen der Tiere hinstreckt
auf Lichtungen und Geweihe verscharrt
einer in weichen Schuhen und Jacke
gebläht weil links der Lauf und rechts
der Kolben und allerlei Kugeln versteckt
mit aufgestellten Ohren und auf dem Sprung
habe ich auf dich gewartet du Wildbeuter
ein Fossil wie der letzte Jäger

Sabine Küchler

Seetiere

Die Maskeraden zuerst dann die Hotels
unsere Lügenpaläste für eine Nacht
nahm unser Unglück sich plötzlich ganz heiter aus
hinter jeder Tapete

kauerte ein schlimmerer Fall murmelte
sich an den Anfang seiner Geschichte zurück:
wieviele Sorten Kummer
hatten einmal zur Auswahl gestanden Seetiere
aus fremden Korallengehölzen trieben draußen
vorbei
mit schweren triefenden Leibern es regnete immer
wenn wir dort lagen in einer Kammer
am Grunde des Meeres am Morgen ein Paar
das sein Publikum spaltet
in Komplizen und ewige Zweifler.

Katja Lange-Müller

Den Pluralen von Vogel und Beere

Mein Liebster ließ mich zurück
in einem langen Zug aus Constanza
Durchs Fenster sehe ich
giftig-rote Vögelbeeren
Welche gefiederten Freunde
die wohl fressen werden?

Daß er mich ficken will
sagt mir der Schlafwagenschaffner
in schlechtem Englisch
aber zackig
flattert Graf D.
vorüber vorbei
Der wird den Schnabel halten
oder das Maul
sich nicht dreckig machen
und ist unsterblich sowieso

Mein Liebster sitzt ein im Kino
auf der „Allee des rumänischen Weltraumfliegers"
Neun nach Zehn
gerade muß Lucky Luke
sein Pferd und den Cheriff zum Whiskey einladen
Bloß ich steh noch immer im Zug
von -rest nach -pest
durch ganz Buka-Buda

Die Vögelbeeren sind reif
und schon auf der Strecke geblieben

Elke Schmitter

tierchen

ich bin dein tierchen.
ich war ein fuß in deinem arm
bloß wie ein baby, knochenlos
ein bündel zellwolle
ganz
ohne augen
mund ohne zähne
bittend und glücklich
randloser wunsch

ich bin dein herrenloser hund.
kein spaniel, viech ohne fell
die haut entzündet, augen
klebrig, die ekle zunge

hechelnd, stumm
dreibeinig und allein.
ich habe keine schwelle mehr
auf der ich warten kann
schlafen oder auch sterben

Sabine Techel

Dichter für dann
(III)

dem seine Sprache wie ein Segel steht
voran und weiß nicht was ihm
Ruder sei, daß eine Frau ihm Richtung
werde, so sie hinter (unter) ihm und
unsichtbar

der einer Göttin, rädergrau, das alles
schuldet der seine Norne eigenhändig
aus dem Verkehr gezogen sitzt unten
kann nun wieder Lachen wenn ihn
alle ernst und er nicht mehr

nein, Leib, sei Du es doch, dann müssen wir
nicht selber lieben.

Ursula Krechel

Meine Krankheit ist für Engländer nicht geeignet

Die Tiere äsen, frische Heubündel verschwinden
in malmenden Kiefern. Die Wärme der Leiber wird
umstandslos in menschliche Empfindungen gerettet.
Hourtouriges Tabu, Theorie und Terror: ein Lesefehler
kein Wort geht im anderen auf, jedes Wort ausgewaidet.
Wie dann die Nervenzellen funken, vielstimmiges
Gesumm
in den Ganglien, Störungen auf der Höhe des Sonnen-
geflechts
Fremdworte, eben erst entziffert, die nur kaschieren:
Er sie es hat Hirschkühe lieb. Zärtlichkeit aufgeforstet
und dieser milde abgeklärte Ausdruck in den Augen
Undramatik des raschen Wimpernschlags, Feuchtigkeit
im regennassen Fell. Projektionen? Natürlich. Wie
wintergrau die Theorie, gesprenkelt die Futterstelle
angenagt die Borke ringsum. Bewaldete Schamhügel
aufgewühlt, ohne eine einzige Spur eines Hufs.
Jemand sagt: Ja, ich fühle mich schuldig. Zufrieden?
Die Person ist keine Krankheit, passiv wird sie
von einer Krankheit *befallen*, verschmilzt mit ihr
verschwitzt. Pustekuchen, an den Futterstellen ausgelegt
Empfindungen wortlos ins Nackenfell gepustet
Ziegen erzogen mich. Die Psyche ist ein Pastell.

Christa Wißkirchen

Sprach-Verlagerung

Kieselsteine, ausgesucht schöne, wenn man sie hat,
auf einer Fläche sorgfältig zusammenlegen,
auch Stücke von Dachlatten,
oder Nadeln zu kleinen Büscheln
in Polsterränder stecken, solches ergibt sich
für die unbeschäftigte Hand,
wenn man zu reden
aufgehört hat.
Kleine Anhäufungsgesten
geräuscharm, gefährlich

Sabine Rothemann

PLÖTZLICH IST NICHTS MEHR wie vorher,
obwohl alles so ist, wie es war.

Ein Liebespaar, worunter
man sich vorstellt
eine Frau, die einen Mann
Ein Liebespaar, das nicht aufhört,
in lehmgrauem Gelände sich
die Gesichter kalt mit Erde zart
zu beschmieren und wie Maulwürfe
das Weite zu suchen.

Heinz Czechowski

Lautlos

Ein paar Harmlosigkeiten
Aufs Niveau der Sklavensprache gebracht:
Kamerad Ängstlich
In zu engen Hosen
Auf Wörtersuche im meißnischen Raum.

Lautlos
Einem Glas Wein
Reverenz erwiesen, dann
Mutig der Revolution
Ins Auge geblickt.

In der Rinnsteinstadt
Gilt, wer nichts zu verlieren hat,
Noch immer als kühn. Hier ist der Philister
Immer noch mehr
Als Herder, Lenz oder Moritz.

Kürzlich dort
Zu Besuch gewesen: eine
Flasche Rotwein für
Vier Personen, Freunde,
Die Bettzeit naht, löscht
Jetzt das Licht, den Finger
Gelegt vor den Mund: daß
Den Nachbarn nichts störe,
Halb elf, da man um sieben
Aufstehen muß:

Ach, Anna Amalia,
Sähest du deine Kinder: Loch zu,
Den Schwanz eingezogen, morgen
Ist auch noch ein Tag, sich
Ums abgehalfterte Leben zu sorgen.

Dagmar Leupold

Luftpiraten

Daß Wind und Wort sich zum Gedicht
verbünden, war so gewiß wie der
Geruch nach Bittermandel und die
Angst vor der trostlosen Nacht.

Auch die Liebe haben wir vermessen
betrieben, blind gegen unsere eigene
Mathematik und den Kleinmut der Flucht
in die Tüchtigkeit.

Zum Lebenslauf gehören der Führerschein,
die Koitusfrequenz und die Stauballergie.
Statistiker bekämpfen entschlossen
die verspätete Buchführung im Todesfall.

Eine leichte Störung im Luftaustausch
zwischen Aufklärung und Kriegslust
hat die Entführung unserer Wahrheiten
zum Kinderspiel gemacht.

Ohne Pfand
erwarten wir die Meldung
der gelungenen Vernichtung
und ohne Hoffnung
auf Liebeskummer.

Elisabeth Borchers

Wohnungen

Die Seele meiner Mutter wohnt in einer Amsel
Die Seele meines Vaters wohnt in einer Abendsonne
Albert wohnt in einem Pfifferling
Ludwig in einem Stellwerk
Hubert in einem Schulheft

Alles kehrt wieder
und ist schon vollendet.

Günter Herburger

Die Kriegerwitwe

Als meine Mutter gestorben war,
hatten wir zu viele volle Kleiderbügel
im Schrank, auf dem Söller und im Keller.
Freundinnen kamen, noch nicht so alt,
stellten sich auf und wählten,
wie es Sitte ist genauso wie Kranzgeld,
zugeschickt in Beileidsbriefen.

Hosen längst gemustert oder kariert,
Blusen, Pullover, Handtaschen,
auch Röcke und zweiteilige Kleider,
gekauft aus Versandkatalogen
und mehrmals wieder umgetauscht,
einzige Verbindung dieser Asthmafrau,
die nicht mehr aus dem Haus fand,
zur schönen Welt, gingen weg.

Es passten auch Wollkäppchen,
eine Joppe aus Fohlenhaut
und ein Mantel mit Schalkragen,
täuschend ähnlich einem Zealpelz,
als zwei verfeindete Frauen zugriffen,
die eine Bäuerin aus Ratzenhofen,
die andere, der ich verdanke,
wie man Toten Nägel schneidet,
eine Putzfrau und Leichenwäscherin
aus dem Bezirkskrankenhaus.

Schief getretene Schuhe, Losungsbücher,
Kalender mit frommen Sprüchen,
auch Wäschenummern wurden gezählt.
Auf Photographien waren Tänzerinnen
abgebildet,
aber wir steckten den ganzen Zierat,
dazu viele Brillen in Plastiksäcke
und warfen sie später in einen Stadtcontainer,
nachdem wir links gefahren waren,
besonders bei Regen die schnellste Spur.

Noch ist viel zu tun,
zum Beispiel ein ganzes Fuhrwerk für Kinder
mit Rössern, Fässern, Bremsklötzen und
Sprossenwänden
auf dem Dachboden aus Kisten zu heben.

Wir werden die Festung,
die meine Mutter noch weißeln ließ,
um Schäden zu verbergen, noch mehr
ausbessern,
aber uns nicht darum kümmern,
ob die Gartenmauer zur Straße umfällt,

ob es riskant bleibt, daß der Spitzahorn,
nicht mehr jährlich beschnitten,
noch größer wird, Fenster beschattend,
Dachziegel aus Verankerungen lösend,
während das Moos zwischen den Fugen wohlig
seufzt.

Nachdem meine Mutter tot ist,
mit der ich zusammen im Bett lag,
einst Hörspielen lauschend sehr spät,
deren Wiederholungen sehr früh,
es wird nicht mehr geschehen.

Meine Mutter flog,
ein Mützchen mit Silberspange auf,
vor sechzig Jahren in einer Passagiermaschine,
einer zehnsitzigen Dakota aus weißem Blech
mit drei Propellermotoren
von Frankfurt am Main nach Berlin,
wo sie ein Jahr lang Handelsschulen besuchte,
auch um Kurzschrift zu lernen.

Diese Fertigkeiten beherrschte sie,
obwohl sie mehrmals Ananasbowle
nachts am Wannseestrand trank,
einen schwarzen Badeanzug mit Röckchen
über dem Schoß wie Esther Williams an.

Als die Franzosen unsere Kleinstadt besetzten,
ging meine Mutter mit ihrer Mutter,
die an einem verkalkten Panzerherzen litt,
hinaus in den Himalaja unseres Gartens,
und beide scheuchten Spähwagen zurück.
Kein Apfelbäumchen wurde geknickt,

auch das Schlafzimmer
aus gelackter Birke blieb unversehrt.

Ich mußte immer meinen Bruder hüten,
der blonder und jünger war als ich.
Sie nannten mich den kleinen Papa.
Dieser Kampf ist nun auch zu Ende.

Friederike Mayröcker

an einen Knaben mit Laubgewand

das Hutband das Scheitelband das Band der Avenuen
Adventuren, das Schädelband der Traum 1 Band wächst mir
aus den Schädelknochen, hängt herab, baumelt, bemalt
Augen und Ohren, wäre gerne wieder in diese
Schädelband Gegend
gefahren, du ahnst was ich meine, welchen Ort ich meine
nicht wahr
o du lieblicher Himmels Strich was für 1 Wort
unausdenkbares
Wort, verzehrendes Wort, die HERZHUNDE wie
weisze Schleppen,
oder die weisze Schleppe des Polsters, und wie die Schleppe
des weiszen Polsters am Fuszboden nachzieht, weil viel zu
grosz und zu weit – skurril: die weisze Schleppe des Polsters
oder die weisze Schleppe deines Kopfkissens durch die ganze
Behausung solch Fetisch Szene, ach! hinter deinen Augen
eine deiner Tränen zu sein, ach von hinter deinen Augen her
dir zu entströmen als Träne von dir, und als deine Träne
hervorspringen hervorströmen, und niemand sonst wird in
solcher Nähe je in solcher Nähe von dir gewesen sein, dann.

VIII
Vitrine für Fritz Arnold

Paul Wühr

Sieben Gedichte

Was

immer seltener wird einer
aus München

der über seinen Vater hinaus
offen für

das Andere ist von dem
vieles

in diese Stadt geholt
wurde von

ihm und wird und
bleibt und

kein Heimweh bekommt

Wer

wie dieser Künstler aus dem
Verkleidungstheater

wird unterwegs wohin auch
immer als sein

eigener Maskenbildner an jedem
vorläufigen Ziel

der jedenfalls nicht geworden
sein dessen

Erscheinung aber dort nicht
besser ankommen

könnte

Es

war ein grüner Polizist namens
Fritz Arnold welcher

die falsche Poesie eines Abends
dort wo die Freiheit

erhaben wird auf ihrem Münchener
Platz unten herum

mit einem richtigen Seil poetisch
absperrte um sie

auf der Stelle daran zu hindern
nicht sofort

die Freiheit dieser Stadt zu verlassen
und das Weite zu suchen

Was

für ihn der Grillparzer
sagen muß dem

ich hier nachdenke aber
ein Göttliches

ist sie die Poesie ich
höre Fritz Arnold

sagen nicht verstiegen
nicht aus der

Prosa wer will wissen
wohin ganz

im Gegenteil ist sie
von ihr aus

zugrunde gegangen

So

leicht entgeht ihm nichts
schon gar nicht

richtig Falsches alles
was ohne Grund

hoch hinaus will es sei
denn es hat

seinen Grund ganz
verloren und

schwebt und muß ihn
nicht finden

Ist

es ein Wunder daß es mir
wie gedichtet

vorkommt wie damals
der Ausflug

der deutschen Dichter in
die Wirklichkeit

zuerst einmal in der
Berliner Straße

Halt suchte um sich
von Fritz Arnold

in die Erfahrung bringen
zu lassen

Ob

Fritz Arnold mit der Zeit
des mathematischen

Zenon auf ausgedehnte
Weise abrechnet

und sowieso wo Achilles
startet in die

Gegenrichtung wegspaziert und
also mit seiner

Zeit nichts einhalten muß
weder Linie nämlich

noch Punkt

IX
Robert Gernhardt/Matthias Politycki: Zwei Gesellenstücke

A

Der Weiterschreiber – ein Beruf mit Zukunft?

Wer A sagt, muß auch B sagen, so weiß es das Sprichwort; nur der Gedichteschreiber weiß es wieder mal besser: Wer A sagt, der würde zwar liebend gern auch B sagen – der Geist ist willig, aber irgendwas andres ist schwach, *bleibt* schwach, auf daß sich in einem toten Winkel des Schreibtischs im Lauf der Jahre Anfangsverse in Hülle & Fülle häufen, zu denen sich kein weiterer und schon gar kein Schlußvers dazugesellen will. Und da wir im Zeitalter der lyrischen Vereinsamung leben – jeder für sich und der Buchhandel gegen alle –, ist das Schicksal derartiger Zeilen in der Regel besiegelt.

Doch siehe da, als hätte sich ein vergangnes Jahrhundert aufgetan, in dem die Kunst des *geselligen* Schreibens noch den meisten Autoren geläufig und wohl auch: ein Anliegen war, trat plötzlich B auf den Plan, die personifizierte zweite Zeile gewissermaßen, und versprach – vorerst unentgeltlich –, meinen liegengebliebnen Versen einen lyrischen Tritt zu verpassen, will sagen: versprach, daraus lauter singende klingende Löweneckerchen zu machen, luftiges Flatterwerk. *Vorerst* unentgeltlich und vorausgesetzt, ich verführe mit seinen Gedichtanfängen – jaja: auch er habe dies Problem – desgleichen.

Ganz so war's selbstverständlich nicht; trotzdem erhielt ich wenig später ein Blatt Papier, auf dem sich Gedichtanfänge fanden, die sogar aus mehr als einer Zeile bestanden:

„Wieviele Schritte muß ein Mann gehn,
um endlich vor dem Nichts zu stehn?"

Hm, das wußte ich auch nicht.

„Nichts Schönres als auf kleinen Chianti-Straßen
wie ne gesengte Sau dahinzurasen"

Oja, da hupte sofort was in mir auf, da möpselten mir geradezu die Anschlußzeilen auf der Zunge – ich *sah* mich schon am Steuer, an meiner Seite natürlich – eine Flasche? eine Frau? beides? und vor lauter Lust am Leben regte sich alles mögliche, nur keine dritte Zeile.

„Ich möblier mir meine Räume
mit den Frauen meiner Träume"

Wie wahr, wie wahr. Aber das Gedicht war ja schon fertig! Bestenfalls ließ sich noch ein

Schließe meine Augen zu,
hab' pro Raum ein Rendezvous

hinterherbänkeln (Wobei ich jetzt, ein halbes Jahr später, durchaus der Meinung bin, daß sich da auch noch eine fünfte, eine zehnte Zeile anschließen ließen. Hallo Herr Rühmkorf! Herr Jandl!) – Aber dann kam er, der Anfang, der auf mich gewartet hatte:

„Schön ist, Mutter Natur,
deiner Erfindung Pracht.
Aber was, Mutter Natur,
hast du dir dabei gedacht:"

Beinah hätte ich sofort losgeschrieben, aber mit der Lust am Drauflosdaktylisieren überfiel mich, typisch deutsch, auch die Angst vor der Lust: Wie? *Darf* man so was überhaupt? Als jemand, der ansonsten . . . an die *hehre* Aufgabe der Lyrik glaubt, an das entbergende Bergen des letzten Oh-Mensch-hab-acht-hier-spricht-die-tiefe-Mitternacht-

Pathos, an das Medium der trunknen Ich-Aussprache, das Medium der trunknen Du-Suche, an diesen wandelnden Vollmond am Rande des Sagbaren – wo waren wir stehengeblieben? Egal, ich hatte die fünfte Zeile! Hatte einen ganzen Haufen Zeilen, um den offensichtlichen Tiefsinn des Herrn B – vorerst unentgeltlich! – durch meinen eignen Tiefsinn und dann, als Coda, durch den erneuten Tiefsinn des Herrn B zu *einem* Gedicht zusammenzureimen. Nichts für ungut, aber „Der Panther" ist dabei leider nicht rausgesprungen. Sondern nur:

Bugs

Schön ist, Mutter Natur,
deiner Erfindungen Pracht.
Aber was, Mutter Natur,
hast du dir dabei gedacht:

Als du die Käfer erfandest, die zwar
meistens nur schlafen (pah! oder so tun!),
kaum jedoch mach' den Computer ich an,
werden sie wach – und auf tückische Weise!
Krabbeln und scharren und schaben voll Bosheit
drunten, im Abgrund der Festplattenwelt . . .

Will ich was drucken, erheben sie sich
runter vom *Treiber* bloß unter Protest;
will ich was speichern, so prasseln sie gierig
über die Beute; und soll der *Papierkorb*
leergelöscht werden, so stürzen sie sich mit
knisternden Zangen auf winzigste Reste –

jedem Befehl, den ich arglos hier oben
eintippe, leisten sie unwilligst knackend
Folge bloß, und will nach manchem Geraschel
alles ich speichern und aus dann auch schalten,
huschen sie stets in empörtester Eile
hoch zu mir! hoch in den Bildschirm und – knapp! –

schaffen es nie (nämlich bislang!), zum Glück.

Rächen sich freilich den Rest jeder Nacht –
ob sie ein paar *Preferences* wegfressen
oder sich so lang an einem *Kontrollfeld*
gütlich tun, bis ratzfatz-kahl im *Systemordner*
nichts mehr dort liegt; ob die *Maus* sie gar anfall'n,
fieberhaft Richtung *Systemabsturz* schmatzen:
immer am Kau'n sind sie und am Verdau'n ...

... während ich schlaflos mein Bett mir zerwühle,
Stunde um Stunde mich frage – und dich:

Schön ist, Mutter Natur,
deiner Erfindungen Pracht.
Aber was, Mutter Natur,
hast du dir dabei gedacht?

B

Geselliges Dichten – ein Erfahrungsbericht

A und B, so nennen wir zwei Dichter im besten Mannesalter, hatten einander am Rande der 94er Buchmesse kennengelernt. Rasch war ihr Gespräch bei *dem* Thema gelandet, das ihnen Beruf und Berufung in einem war, bald waren sie sich in der Lagebeurteilung einig: Daß es um den Ruf und die Wirkung der Lyrik nicht gut bestellt sei. Daß jemand der ins Abseits geratenen unter die Arme greifen müsse. Daß es eigentlich ihre verdammte Pflicht und Schuldigkeit sei, solch gutgemeinten Worten auch gute Taten folgen zu lassen ...

Gesagt, getan – gute drei Monate später saßen die beiden Dichter auf dem Podium des Berliner Literaturhauses, um eine Lanze für die Lyrik zu brechen. „Wein, Weib und Gesang" – unter dieses anregende Motto hatten sie den Abend gestellt, in 15 Abteilungen entfalteten sie ihre Erfahrungen mit eigenen und fremden Gedichten, bei Punkt Sieben aber wagten sie den Versuch, an eine weitgehend verschüttete Mitteilungsform zu erinnern und anzuknüpfen: an das gesellige Gedicht.

Lyrik, so belehrte B die Zuhörer, sei erst in der Neuzeit auf die Äußerung des – manchmal – preisenden, meist jedoch leidenden Ich reduziert worden, zu allen anderen Zeiten hätte sich auch „Dichter" nennen dürfen, wer „Du" sagte und mit seinem Worte der Geselligkeit diente, sei es durch Lieder, die bei Bedarf um- und weitergedichtet werden konnten, sei es durch einprägsame Merk- oder Spottverse – auch sie eine Aufforderung, es dem Dichter gleichzutun, manchmal sogar den Dichtern. Der Dozierende erinnerte an die Xenien der Dioskuren Goethe und Schiller, an die Kriminalsonette des Dichtertrios Rubiner, Eisenlohr und Hahn, um sodann ein der Literaturgeschichte noch unbekanntes Dichtergespann aus dem Hut zu ziehen, sie beide, A und B:

Um zu erproben, inwiefern das gesellige Gedicht in unserer Zeit extremer Vereinzelung überhaupt noch möglich sei, hätten sie Anfangszeilen ausgetauscht. Das vorbereitende Gespräch nämlich hätte ergeben, daß jeder der beiden nach rechter Dichterart einen ganzen Stapel solcher Zeilen hütete, ohne doch viel mit dem Schatz anfangen zu können. „Die

erste Zeile eines Gedichts ist ein Geschenk der Götter, der Rest ist Arbeit'', referierte B eine landläufige Meinung, doch so einfach liege der Fall nicht. An einigen seiner Anfangszeilen habe er sich immer wieder redlich abgemüht, ohne doch trotz aller Transpiration jenes Quentchen Inspiration zu entwickeln, ohne das kein Gedicht denkbar sei. Wie, wenn er ganz einfach der falsche Adressat so manchen Göttergeschenks gewesen sei? Wie, wenn andere, eigentlich ihm zugedachte Zeilen, irrtümlicherweise A erreicht hätten?
Doch genug des Referats B'scher Mutmaßungen, der Rest sei rasch mit Bs eigener Stimme erzählt: Ich schickte fünf Gedichtanfänge an A, deren Länge zwischen zwei und vier Zeilen variierte; er revanchierte sich mit acht Einstiegen, zwischen einer und sechs Zeilen lang. Eine Weile schwankte ich zwischen zwei einzeiligen Anfängen, bis mir der Einfall kam, sie dergestalt zu verbinden, daß die eine Zeile der Anfang und die andere den Schluß des noch zu dichtenden Gedichts bildete.
„Die Zeit der reinen Jamben ist vorüber'' sang die erste Zeile auf gut jambisch, „Ach immer ach nur möcht ich sagen'', verkündete die zweite äußerst unjambisch – wie wärs, überlegte ich, wenn ich die Behauptung der ersten Zeile dadurch unter Beweis stellte, daß ich das Gedicht durch immer unreinere Jamben in den Hafen der letzten Zeile manövrierte?
Gedacht, gedichtet: *So* sieht das Ergebnis meines A-Anfangs-Zeilenslaloms aus; und damit man auch in etwa begreift, wie es sich *anhört* – naturgemäß schrecklich – habe ich die Zeilen zum besseren Verständnis mit Akzenten versehen, die zumindest eines belegen: Die Zeit der reinen Jamben ist unwiderruflich vorüber.

Zu zwei Zeilen von A

Die Zeít der reínen Jámben íst vorűber
Fünfhébig schrítten síe einst dúrch die Zeílen
Geschíckt der fálschen Bétonúng ausweíchend
Heuté ist's ánders víer Hebér
Sind schón der Géfühlé höchstés
Hebúngen, díe gleich Géschossén
Den eínstigén Wohlkláng zerschlágen:
Ach ímmer ách nur mőcht ich ságen!

X Anhang

Autoren, Gedichtbände

Aigner, Christoph Wilhelm, *1954. Lebt in Salzburg. • „Das Verneinen der Pendeluhr", Stuttgart: DVA 1996.

Anderson, Sascha, *1953. Lebt in Berlin. • „Rosa Indica Vulgaris", Berlin: Galrev 1994; „Jewish Jetset", Berlin: Galrev 1991.

Ani, Friedrich, *1959. Lebt in München. • Gedichte in Zeitschriften und Anthologien.

Becker, Jürgen, *1932. Lebt in Köln. • „Foxtrott im Erfurter Stadion", Frankfurt/Main: Suhrkamp 1993; „Korrespondenzen mit Landschaft" (mit Bildern von Rango Bohne), Frankfurt/Main: Suhrkamp 1996.

Bernhof, Reinhard, *1940. Lebt in Leipzig.

Böhme, Thomas, *1955. Lebt in Leipzig. • „Heimkehr der Schwimmer", Berlin: Galrev 1996.

Böhmer, Paulus, *1939. Lebt in Frankfurt. • „Darwingrad", Gießen: Anabas 1987; „Sängerleid", Frankfurt/Main: Axel Dielmann Verlag 1996.

Borchers, Elisabeth, *1926. Lebt in Frankfurt/Main. • „Wer lebt", Frankfurt/Main: Suhrkamp 1986; „Von der Grammatik des heutigen Tages", Frankfurt/Main: Suhrkamp 1992.

Buselmeier, Michael, *1938. Lebt in Heidelberg. • „Erdunter", Heidelberg: Verlag Das Wunderhorn 1992; „Ich rühm dich Heidelberg", Heidelberg: Verlag Das Wunderhorn 1996.

Czechowski, Heinz, *1935. Lebt in Leipzig. • „Auf eine im Feuer versunkene Stadt", Halle: Mitteldeutscher Verlag 1990.

Czernin, Franz Josef, *1952. Lebt in Rettenegg/Steiermark. • „Terzinen", Graz: Edition Artelier 1994; „Natur-Gedichte", München: Hanser 1996.

Dittberner, Hugo, *1944. Lebt in Echte. • „Die Wolken, der Wind", Bergen/NL: Eric van der Wal 1988; „Das letzte fliegende Weiß", Bergen/NL: Eric van der Wal 1992.

Erb, Elke, *1938. Lebt in Berlin. • „Kastanienallee", Salzburg: Residenz 1989; „Unschuld, du Licht meiner Augen", Göttingen: Steidl 1994. Mitherausgeberin des „Luchterhand Jahrbuchs der Lyrik 1986", Frankfurt/Main: 1986.

Fels, Ludwig, *1946. Lebt in Wien. • „Der Anfang der Vergangenheit", München: Piper 1984; „Blaue Allee, versprengte Tataren", ebd. 1989.

Gappmayr, Heinz, *1925. Lebt in Innsbruck. • „Modifikationen", Ostfildern: Cantz Verlag 1996.

Gauch, Sigfrid, *1945. Lebt in Mainz. • „Vaterspuren", Frankfurt/Main: Brandes & Apsel 1996.

Gernhardt, Robert, *1937. Lebt in Frankfurt/Main. • „Weiche Ziele", Zürich: Haffmans 1994; „Gedichte 1954–1994", Zürich: Haffmans 1996.

Gerz, Jochen, *1940. Lebt in Paris. Fotos/Texte, Performances, Videobänder, Installationen, Ausstellungen. • „Texte", Bielefeld: Kerber 1984; „Die Erfindung der Welt", Saarbrücken: Stadtgalerie 1985. Die abgedruckten Texte wurden von Jochen Gerz aus dem Französischen übersetzt („Monument vivant de Biron", Arles: Actes Sud 1996).

Gosse, Peter, *1938. Lebt in Leipzig. • „15 Gedichte", Leipzig: edition m 1993; „Gleißkörper", Halle: Mitteldeutscher Verlag 1996.

Grünbein, Durs, *1962. Lebt in Berlin. • „Den Teueren Toten", Frankfurt/Main: Suhrkamp 1994; „Falten und Fallen", Frankfurt/Main: Suhrkamp 1994.

Hahs, Heinz G., *1934. Lebt in Mainz. • „Obloch nämlich. Gedichte aus dreißig Jahren", Mainz: Joachim Hempel Verlag 1986.

Hammer, Joachim Gunter, *1950. Lebt in Graz. • „Der blaue Kürbis", 1995; „Noch grünt ein Rauschen", 1995.

Harig, Ludwig, *1927. Lebt in Sulzbach/Saar. Gedichte in Zeitschriften und Anthologien.

Haufs, Rolf, *1935. Lebt in Berlin. • „Vorabend", München: Hanser 1994; „Augustfeuer", München: Hanser 1996. Mitherausgeber des „claasen Jahrbuchs der Lyrik 3", Düsseldorf: 1981 und des „Luchterhand Jahrbuchs der Lyrik 1989/90", Frankfurt/Main: Luchterhand 1989.

Herburger, Günter, *1932. Lebt in München. • „Das brennende Haus", Frankfurt/Main: Luchterhand 1990; „Sturm und Stille", Hamburg: Luchterhand 1993.

Hohmann, Jens-Erik, *1956. Lebt in Hamburg.

Hummelt, Norbert, *1962. Lebt in Köln. • „knackige codes", Berlin: Galrev 1993.

Jacobs, Steffen, *1968. Lebt in Berlin. • „Der Alltag des Abenteuers", Frankfurt/Main: S. Fischer 1996.

Kattner, Heinz, *1947. Lebt in Dahlenburg. • „Worin noch niemand war", Hannover: Postskriptum Verlag 1987; „Die unterbrochene Linie", Bergen/NL: Eric van der Wal 1990.

Kirsch, Rainer, *1934. Lebt in Berlin. • „Kunst in Mark Brandenburg", München: Hanser 1989.

Kirsch, Sarah, *1935. Lebt in Tielenhemme. • „Ich Crusoe", Stuttgart: DVA 1995; „Bodenlos", Stuttgart: DVA 1996.

Kirsten, Wulf, *1934. Lebt in Weimar. • „Die Erde bei Meißen", Frankfurt/Main: Suhrkamp 1987; „Stimmenschotter", Zürich: Ammann 1993.

Kolbe, Uwe, *1957. Lebt in Berlin. • „Vaterlandkanal", Frankfurt/Main: Suhrkamp 1990; „Nicht wirklich platonisch", ebd. 1994.

Köhler, Monika, *1941. Lebt in Rosengarten. • Gedichte in Zeitschriften.

Köhn, Monika, *1946. Lebt in Baden-Baden. • Gedichte in Zeitschriften und Anthologien.

Krechel, Ursula, *1947. Lebt in Frankfurt/Main. • „Technik des Erwachens",

Frankfurt/Main: 1992; „Landläufiges Wunder", ebd. 1995. Mitherausgeberin des „Luchterhand Jahrbuchs der Lyrik 1985", Darmstadt/Neuwied: 1985.

Küchler, Sabine, *1965. Lebt in Köln. • „Ich erklär es mir so", Bergen/NL: Eric van der Wal 1990.

Kühn, Johannes, *1934. Lebt in Hasborn. • „Leuchtspur", München: Hanser 1995; „Wasser genügt nicht. Gasthausgedichte", München: Hanser 1997.

Kunert, Günter, *1929. Lebt bei Itzehoe. • „Stilleben", München: dtv 1992; „Mein Golem", München: Hanser 1996.

Lange-Müller, Katja, *1951. Lebt in Berlin. • Gedichte in Zeitschriften und Anthologien.

Lentz, Michael, *1964. Lebt in München. • Gedichte in Zeitschriften und Anthologien.

Lenz, Hermann, *1913. Lebt in München. • Gedichte in Zeitschriften und Anthologien.

Leupold, Dagmar, *1955. Lebt in Kirchseon. • „Wie Treibholz", Pfaffenweiler: Pfaffenweiler Presse 1988; „Die Angst der Frauen", Frankfurt/Main: S. Fischer 1994.

Mall, Ekkehard, *1967. Lebt in Frankfurt/Main. • Gedichte in Zeitschriften.

Marx, Rainer, *1967. Lebt in Berlin.

Mautz, Kurt, *1911. Lebt in Wiesbaden. • „Letterntausch", Gießen: Anabas 1993.

Mayröcker, Friederike, *1924. Lebt in Wien. • „Magische Blätter IV", Frankfurt/Main: Suhrkamp 1995; „Notizen auf einem Kamel", Frankfurt/Main: Suhrkamp 1996.

Meckel, Christoph, *1935. Lebt in Berlin. • „Immer wieder träum ich Bücher", Warmbronn: Kreicher 1995; „Gesang vom unterbrochenen Satz. Drei Poeme", München: Hanser 1995.

Modick, Klaus, *1951. Lebt in Wiefelstede. • „Der Schatten, den die Hand wirft", Frankfurt/Main: Frankfurter Verlagsanstalt 1991.

Mon, Franz, *1926. Lebt in Frankfurt/Main. • „Gesammelte Texte" Bd. 3, Berlin: janus press 1996.

Novak, Helga M., *1935. Lebt in Legbad/Polen. • „Märkische Feemorgana", Frankfurt/Main: Luchterhand 1989.

Pastior, Oskar, *1927. Lebt in Berlin. • „Kopfnuß Januskopf. Gedichte in Palindromen", München: Hanser 1990; „Gimpelstifte und Vokalisen", München: Hanser 1992; „Gimpelschneise in die Winterreise – Texte von Wilhelm Müller", Winterthur: Urs Engeler Editor 1996.

Politycki, Matthias, *1955. Lebt in Hamburg und München. • „Im Schatten der Schrift hier", München: Weismann 1988; „Jenseits von Wurst und Käse", München: Luchterhand 1995.

Riha, Karl, *1935. Lebt in Siegen. • „Was ist mit mir heute los", Gießen: Anabas 1994.

Rothemann, Sabine, *1962. Lebt in Frankfurt/Main.

Rühm, Gerhard, *1930. Lebt in Wien. • „Visuelle Poesie", Innsbruck: Haymon 1996.

Rühmkorf, Peter, *1929. Lebt in Hamburg. • „Einmalig wie wir alle", Reinbek: Rowohlt 1989; „Laß leuchten!", Reinbek: Rowohlt 1993.

Sanjosé, Axel, *1960. Lebt in München.

Sayer, Walle, *1960. Lebt in Horb-Dettingen. • „Zeitverwehungen", Bergatreute: Eppe 1994; „Fundus", Uhldingen: de Scriptum 1997.

Schaarschmidt, Siegfried, *1925. Lebt in Oberursel. Gedichte in Zeitschriften und Zeitungen.

Schedlinksi, Rainer, *1956. Lebt in Berlin. • „Die Rationen des Ja und des Nein", Berlin/Weimar: Afbau 1989.

Scherstjanoi, Valeri, *1950. Lebt in Berlin. • „postkonkrete gedichte", Berlin: Kunst- und Literaturwerkstatt 1966.

Schmitter, Elke, *1961. Lebt in Berlin. • „Windschatten im Konjunktiv", Siegen: Machwerkverlag 1982.

Schuldt, *1941. Lebt in Hamburg und New York. • „Gestaltschmerz", Berlin: Edition Plasma 1997.

Seiler, Lutz, *1963. Lebt in Wilhelmshorst. • „berührt/geführt", Berlin: Oberbaum 1995.

Tammen, Johann P., *1944. Lebt in Bremerhaven. • „Kopf hoch kalte Wut", Fischerhude: Verlag Atelier im Bauernhaus 1979; „Hortmachers Launen", Bergen/NL: Eric van der Wal 1994.

Techel, Sabine, *1953. Lebt in Berlin. • „Es kündigt sich an", Frankfurt/Main: Suhrkamp 1986.

Treichel, Hans-Ulrich, *1952. Lebt in Berlin. • „Seit Tagen kein Wunder", Frankfurt/Main: Suhrkamp 1990.

Wichner, Ernest, *1952. Lebt in Berlin. • „Steinsuppe", Frankfurt/Main: Suhrkamp 1988.

Wißkirchen, Christa, *1945. Lebt in Pulheim-Stommeln. • Gedichte in Anthologien.

Wühr, Paul, *1927. Lebt in Passignano/Italien. • „Ob der Magus in Norden", München: Renner 1995; „Salve. Res Publica Poetica", München: Hanser 1997.

Editorische Notiz

Was waren das für seltsame Zeiten, sagte neulich meine gut sortierte Buchhändlerin, in denen man zehn Exemplare eines Gedichtbandes, sagen wir von Rolf Haufs oder Peter Rühmkorf, neben die Kasse legen konnte, und wußte: die sind in drei Tagen weg; als es in den Buchhandlungen noch Lyrikregale von mehr als 40 cm Länge gab und BeckerBorn-Brinkmann in Erstauflagen von 5000 und mehr Exemplaren gedruckt wurden. – Was, fragen wir, hat sich geändert seitdem, warum sind die Lyrikregale fast verschwunden, die Auflagen rapide gesunken, Lesungen selten, Rezensionen sporadisch? An den Gedichten, glauben wir, kann es nicht liegen, viel Spreu und wenig Weizen, das war schon zu Goethes Zeiten so. Nach wie vor werden aufregende, eigensinnige, erfinderische Gedichtbände publiziert, von Adolf Endler bis Ernst Jandl und von Marcel Beyer bis Thomas Rosenlöcher (um willkürlich vier zu nennen, die für dieses Jahrbuch „nichts Abgehangenes" hatten), nach wie vor werden Dichter entdeckt und gewürdigt, wie z. B. der wunderbare Johannes Kühn. Sicher ist, daß heute die durchschnittliche verkaufte Auflage eines Gedichtbandes von einem Lyriker mit „gutem Namen" bei 800 bis 1200 Exemplaren liegt, und das ist im europäischen Durchschnitt gar nicht einmal so schlecht. Wo, fragen wir wieder, soll das alles enden? Im Internet? Um so erstaunlicher, daß sich das Lyrik-Jahrbuch derzeit erfreulich antizyklisch verhält und mehr Leser hat als je zuvor. Unbescheiden wünschen wir uns für diesen 15. Band natürlich noch mehr.

Was ein gelungenes Gedicht sei, was ein mißglücktes, darüber ist – auch in diesem Jahrbuch – immer wieder gestritten und geschrieben worden. Robert Gernhardt und Matthias Politycki haben sich jüngst zu diesem Thema in rappelvollen Sälen zusammen- und auseinandergesetzt, einander kritisiert, gelobt, lektoriert, mit Zeilen zum Weiterdichten beschenkt und die Gedichte des anderen vorgelesen (vgl. S. 133 ff.). Das Nachdenken über die „endlosen Möglichkeiten der Poesie" (Goethe) ist nicht abzuschließen, und das ist gut so. Wir haben es in diesem Jahrbuch weit gefaßt und Schrift-Bilder ebenso berücksichtigt wie Jochen Gerz' „Lebendes Monument" (vgl. S. 73), das 1996 in Biron/Frankreich eingeweiht wurde und in der alten Debatte um Literatur & Kunst & Politik neue Maßstäbe gesetzt hat.

Einsendeschluß für das nächste Jahrbuch der Lyrik ist der 30. Juni 1997. Wir bitten um Zusendungen mit kurzer biographischer Angabe und einer Bibliographie der letzten beiden lieferbaren Gedichtbände an: Redaktion Lyrik-Jahrbuch, C. H. Beck Verlag, Postfach 400340, 80703 München.

Und wie immer bitten wir um Nachsicht dafür, daß wir all denen, deren Gedichte nicht berücksichtigt werden konnten, nur Nachricht geben können, wenn eine Briefmarke fürs Rückporto beiliegt.

C. B.

Französische Dichtung

Eine zweisprachige Anthologie in vier Bänden

Band 1: Von Villon bis Théophile de Viau

Herausgegeben von Friedhelm Kemp und Werner von Koppenfels.

Band 2: Von Corneille bis Gérard de Nerval

Herausgegeben von Hanno Helbling und Federico Hindermann.

Band 3: Von Baudelaire bis Valéry

Herausgegeben von Friedhelm Kemp und Hans T. Siepe.

Band 4: Von Apollinaire bis zur Gegenwart

Herausgegeben von Bernhard Böschenstein und Hartmut Köhler

1990. Je Band etwa 600 Seiten. Leinen in Kassette.

„... ein hinreißendes, ein aufregendes Panorama unseres Nachbarlandes, wie wir es so noch nicht gesehen haben ... Beeindruckend die Darstellung der literarhistorischen Zusammenhänge, informativ die deutsche Rezeptionsgeschichte der französischen Lyrik, exzellent die biographischen Abrisse ..."

Die Welt

„Dies ist nach Konzeption, Auswahl und Ausstattung eine der schönsten und gelungensten Anthologien, die ein deutscher Verlag in den letzten Jahren vorgelegt hat. Wer sie besitzt, wird sie nicht mehr missen wollen ... Die Fülle der in dieser ungewöhnlichen Anthologie vorgestellten Dichtungen läßt sich nur andeuten. Man wünscht ihr viele Leser!"

Hamburger Abendblatt

„Jeder lesefähige und lesewillige Mensch sollte darin lesen ... Das ganz besondere Vergnügen gewährt diese Anthologie den Lesern, die ihre Zweisprachigkeit zu nutzen verstehen ..."

Rheinische Post

Verlag C. H. Beck München